精選一千零一夜

李唯中 譯

商務印書館

精選一千零一夜

譯　　者：李唯中
責任編輯：謝江艷
出　　版：商務印書館（香港）有限公司
香港筲箕灣耀興道3號東滙廣場8樓
http://www.commercialpress.com.hk
發　　行：香港聯合書刊物流有限公司
香港新界大埔汀麗路36號中華商務印刷大廈3字樓
印　　刷：中華商務彩色印刷有限公司
香港新界大埔汀麗路36號中華商務印刷大廈
版　　次：2019年6月第6次印刷

ISBN 978 962 07 1777 2
Printed in Hong Kong

目錄

國王舍赫亞爾兄弟

漁夫與魔鬼的故事

阿里巴巴與四十大盜

飛馬的故事

國王舍赫亞爾兄弟

皇后的背叛

很久很久以前，在中國和印度一帶的群島上，有一古國，名叫薩桑王國。國王手下兵多將廣，豪華宮中奴婢成群。國王有兩個兒子，兄弟二人各稱王一方。哥哥勵精圖治，頗得臣民愛戴，人稱舍赫亞爾國王；弟弟名喚舍赫澤曼，位居撒馬爾罕國君。二位君王為王公正，體貼臣民，二十多年來，兩個國家均國泰民安，風調雨順，百業興旺，歌舞升平。

一天，哥哥思念弟弟，便派宰相前往撒馬爾罕，請弟弟來歡聚一場。宰相接到命令，立即打點行裝，踏上了征程。

舍赫澤曼也正想見哥哥一面，恰逢哥哥派人來接，心中不勝欣喜，於是吩咐僕役收拾行裝，並叮囑宰相代行王權，然後帶着若干隨從，上路登程。

大隊人馬，浩浩蕩蕩，行到夜半時分，舍赫澤曼忽然想起一件重要的東西忘在宮中，於是獨自撥轉馬頭，回宮去取。

舍赫澤曼回到自己的寢宮一看，卻見王后正躺在一個黑奴的懷裡……

見此情景，舍赫澤曼只覺眼前一黑，頓時出了一身冷汗，心想："天哪，我剛剛離開宮中，她就成了這個樣子……倘若我在哥哥那裡小住一段時間，不知這賤人會胡鬧到甚麼地步？"

想到這裡，舍赫澤曼拔劍出鞘，手起劍落，只見那一男一女兩顆人頭頓時滾落在地，鮮血濺紅了幔帳……

舍赫澤曼隨即取了那件重要東西，轉身步出宮門，飛身上馬，急匆匆追趕大隊而去。舍赫澤曼國王一行人馬，日夜兼程，不幾日便順利抵達舍赫亞爾國王的京城郊外。

舍赫亞爾國王得知胞弟已到郊外，心中喜不自禁，立即率百官出城相迎。

進到王宮，兄弟倆相對互敘思念之情。正談得開心之時，舍赫澤曼忽然想起王后與黑奴親熱的情景，不禁惆悵滿懷，頓時雙目無神，面色蠟黃，呆若木雞。舍赫亞爾忽見弟弟無精打采，心想可能是長途跋涉太累的緣故，所以一時也沒有在意。

但幾天過去，哥哥見弟弟仍然打不起精神，而且更加面黃肌瘦，便問是甚麼原因。舍赫澤曼說："哥哥，你有所不知，我有傷心事呀！"哥哥見他欲言又止，也不便追問下去，只是說：

"傷甚麼心呢！陪我到野外去打打獵、散散心就好了！狩獵能消愁解悶，其樂無窮啊！"舍赫澤曼不想外出，舍赫亞爾便帶上獵具和幾個隨從出發了。

舍赫澤曼下榻的宮殿窗外就是御花園。他憑窗望去，但見宮門洞開，衣飾華貴、姿容動人的王后在宮女、宮僕的簇擁下，姍姍進入花園，來到噴泉旁的草坪上。眾人脫去外衣，男男女女相擁而坐。片刻後，忽聽王后嗲聲嗲氣地喊道："喂，邁斯歐德，你快來呀！"

應聲走來一黑奴，但見那黑奴體壯如牛，上前摟住王后……眾男僕及宮女紛紛仿效，如此這般集體廝混，一直喧鬧到紅日西沉……

眼見此情此景，舍赫澤曼心想："憑安拉起誓，與這個相比，我的災難又算得了甚麼呢……”想到這裡，舍赫澤曼頓感心中憂愁雲消霧散，自言自語道：“哥哥的遭遇比我可要慘多啦！”

自那時起，舍赫澤曼心境豁然開朗，胃口大開，面容也很快恢復了昔日的紅潤。

舍赫亞爾打獵回來，兄弟倆相互一番問候，哥哥見弟弟一改舊貌，精神抖擻，面色紅潤，吃飯香甜，禁不住心中驚喜萬分，就問弟弟：

“我昨天還見你愁雲滿臉，面容憔悴，你今日卻容光煥發，神采奕奕，這到底是怎麼一回事呢？”

弟弟回答說：

“是啊，我昨天面色憔悴，心情鬱悶，原因嘛，可以告訴你；不過，今日容光煥發的秘密，還求你原諒，我實在不能如實告訴你。”

“既然如此，能說的你就先說吧！”

“你有所不知：當看見你的宰相來接我，我十分高興，打點好行裝便上路了。但出城沒走多遠，便發現我要送給哥哥的那串寶石念珠忘在了宮中，於是撥馬回返。回到宮中一看，不料我的妻子正與一個黑奴親熱，我一時眼前昏黑一片，怒不可遏，隨即拔劍出鞘，手起劍落，將那對狗男女的首級削了下來。我剛剛出門，那賤人就幹出這種醜事，真是豈有此理！想起這件事，我就食飯不香，晚上又睡不好，能不面黃肌瘦嗎！”

“你現在怎麼精神抖擻，健康如初了呢？”

“這個嘛，還請你原諒，我實在不便相告。”

聽弟弟這麼為難，舍赫亞爾苦求道：

“看在安拉的面上，你就告訴我吧！”

在哥哥再三哀求下，舍赫澤曼才把在宮中看到的情景，一五一十地告訴了舍赫亞爾。

舍赫亞爾聽後，說：“我得親眼見識一番！”弟弟說：“只要你假裝外出狩獵，然後悄悄回來，藏在我這個房間裡，就能看到那番情景。”

次日一早，舍赫亞爾就命令侍從攜帶獵具出發，到城外安營紮寨。

舍赫亞爾獨坐帳中，叮囑貼身侍衛，不許任何人來見。隨後化裝一番，悄悄潛回宮中，藏在弟弟下榻的房間。

一個時辰剛過，果然看見王后在眾僕婢的簇擁下步入花園。之後的情形與弟弟所說的不差分毫。

兄弟倆立即進到王宮，將那淫亂的王后及眾男僕女婢斬殺一盡。從此，舍赫亞爾國王每夜娶一處女，天亮時就將她處死，不到三年時間，京城居民談國王娶親，不禁臉色忽變，民女紛紛逃離，滿城裡幾乎再也找不到一個可供國王虐殺的姑娘。儘管如此，國王仍然命令宰相為他尋找姑娘。

一天，宰相辛苦奔波，四下為國王搜尋姑娘，結果空手而歸，不禁惆悵起來，深恐國王怪罪，回到相府也不免垂頭喪氣。

宰相有兩個女兒，天生麗質，亭亭玉立，而且聰明好學，舉止端莊，通古博今。長女名叫莎赫札德，次女名喚杜婭札德。

莎赫札德博覽群書，熟知歷代君王事跡及各民族歷史，藏書數萬卷。

莎赫札德見父親悶悶不樂，便問：“爸爸，您怎麼啦？為

甚麼滿面愁雲，無精打采呢？”

宰相便將為國王尋覓美女的難處講了一遍。莎赫札德聽後，對父親說：

“爸爸，您就送我進宮去吧！我如能活下來，就與國王共度朝夕；不然，我就算為穆斯林姑娘們獻身了……”

宰相聽後一驚，忙說："女兒呀，萬萬不可拿自己的生命去冒險呀！"

"看來，除此以外，也無路可走！"

"我真擔心你進了王宮，會有毛驢、黃牛在農夫手中的遭遇喲！"

"毛驢、黃牛有甚麼遭遇呢？"莎赫札德問。

"聽我慢慢講來！"

宰相開始給女兒講《毛驢、黃牛與農夫的故事》。

毛驢、黃牛與農夫的故事

從前，有一個家境富裕的商人，他和妻兒一起住在農村，養着一頭毛驢和一頭黃牛，日子過得安穩、舒適。這個商人有個很獨特的天賦，就是通曉獸言鳥語。平日閒來無事，商人總喜歡到牲口棚裡轉轉，聽聽那些鳥獸說話。

一天，黃牛來到驢圈，見圈裡打掃得乾乾淨淨，還灑過清水，驢槽裡的大麥、草料都經篩子篩過，毛驢臥在地上，好生自在舒坦。

商人聽黃牛對毛驢說：

"你多自在，我多勞累呀！你吃的草料都過了篩子，而且有那麼多人伺候你，即使主人有時騎你一遭，轉眼間也就打道回府了。你瞧，我呢？整天裡不是耕地，就是拉磨，無止無休，累得要命。"

毛驢說：

"你想清閒些，那還不容易嗎？"

"怎麼辦呢？"

"你到了地裡，主人給你上牛軛時，你就臥在地上，千萬不要站起來。如果他們抽打你，你可先站一站，然後馬上再臥下去。回到圈裡，主人給你添草料，你也不要吃，假裝周身無力，食水不進，熬上一兩天，至多三天，你就可以休閒自在了。”

商人聽在耳裡，記在心中。

當晚，農夫給黃牛添草料時，發現黃牛只吃了一點點。

次日一早，農夫牽着黃牛下地，見黃牛懶洋洋的一點力氣也沒有。

商人得知此情況後，對農夫說：“改用毛驢去耕地吧！”

果然，農夫用毛驢耕了一整天地，天色大晚時方才回來。

黃牛感謝毛驢，但毛驢一句話沒說，心中懊悔不已。

第二天，農夫又牽着毛驢去耕地。回來的時候，已經日落西山。毛驢累得精疲力竭，脖子都磨破了，鮮血淋漓。

黃牛望着毛驢，百般感謝。毛驢說：“我本來自在舒適，只因多事，才害了自己……”

又說：“不過，我聽主人說，假若你再不能幹活，就把你送到屠場去了。我真為你擔驚受怕呀！我勸你還是幹活去吧，以免白白送命。”

黃牛聽後，連聲感謝毛驢的好意，然後說：“我明天就去耕地！”

黃牛開始大口大口吃起來，把槽中的草料吃得精光。

不料毛驢與黃牛之間的對話又被商人聽去了。第二天天剛亮，商人與妻子一同走到庭院，見農夫正牽着黃牛朝外走，而且看到那頭黃牛搖頭擺尾，屁聲滾滾如雷，不時歡蹦亂跳。商人見到這種情形，笑得前仰後合。

妻子問：“老頭子，你笑甚麼呢？”

商人說：“天機不可泄露呀！不然，我的命就沒了。”

“你就是因為這樣而喪命，也要把天機告訴我！”

“我怕死，不能開口。”

“你一定是在譏笑我！”

妻子軟硬兼施，丈夫無可奈何，只有把孩子叫到跟前，並派人去請法官和證人，想先立好遺囑，然後再泄露天機，到時死而無憾。

商人很愛他的妻子，因為她是他的堂妹，又給他生下多個兒女。再說自己已高壽一百二十歲。妻子的娘家人和街坊都已到齊，商人向他們說明問題的嚴重性：只要一泄露天機，他的生命就要終止，一命嗚呼！

眾親友對商人的妻子説道：“你就別讓你的丈夫説了，免得全家遭殃！”

妻子説：“他不把天機告訴我，我是決不放過他的。”眾親友聽女人這麼一説，一個個啞然無語，面面相覷。

商人見此，想起身小解一下，便向牲口棚走去。

商人家中養着一隻大公雞和五十隻母雞，還有一條狗。經過雞棚時，商人聽到那條狗用責備的口吻正對公雞説：

“主人都要死啦，你還高興甚麼？”

公雞問狗：“家裡出甚麼事啦？”

狗把事情的原委講了一遍。

公雞聽後説：“哎，我們的主人真是缺智少謀呀！事情很簡單，只要他把老婆痛打一番，即使不要老婆的命，也管保她不敢再放肆。”

商人一聽，茅塞頓開，決計教訓妻子一頓。

講到這裡，宰相對女兒説：

“孩子啊，我真怕國王像商人教訓自己的妻子那樣對待你。”

莎赫札德問：“商人怎樣教訓自己的妻子呢？”

宰相繼續講下去，説那富商採了一把桑枝，藏在屋裡，然後對妻子説：

“到屋裡去，我把天機泄露給你，然後我就死在屋裡，也好不讓任何人看見我死的慘狀。”

夫妻二人走進房間，商人立即反鎖上門，抽出桑枝，狠狠向妻子身上抽去，直打得妻子死去活來，哀求饒命。

妻子終於悔悟了。夫妻相攜走出房門，大家沉浸在一片歡樂氣氛中。

一千零一個故事開始了

莎赫札德聽過父親講的故事，說道：

“話雖如此，可眼下事態，人命關天，我不進宮，又有哪個進宮呢！”

莎赫札德轉頭對妹妹杜婭札德叮囑道：

“好妹妹，我到了王宮，立即派人來接你。你到了我那裡，看見國王想殺我時，你就說：‘姐姐，給我講個奇妙的故事吧！也好讓我們快快樂樂地度過這一夜。’我就趁機給你講故事。但願我能用這個辦法拯救天下姑娘的生命。”

宰相見無力阻攔女兒，只得為女兒準備嫁妝。

一切準備妥當，宰相帶着女兒莎赫札德來到王宮。

隨後，莎赫札德就來到了國王的寢宮。夜幕降臨，寢宮內燈火輝煌。國王要求與新娘子莎赫札德進入洞房時，只見莎赫札德淚流滿面，泣不成聲。國王問：

“今天是你大喜的日子，你哭甚麼呢？”

莎赫札德說：“洪福齊天的國王陛下，我有個胞妹，我很想見她一面，也好和她告別一下。”

國王立即差人把杜婭札德叫來，三人坐在一起，開始談天。

妹妹杜婭札德對姐姐說：

“姐姐，看在安拉的面上，給我講個奇妙的故事吧！也好讓我們快快樂樂度過這一夜。”

莎赫札德說：

“如蒙大富大貴、富有教養的國王陛下允許，我很樂意講個故事……”

心煩意亂的國王聽莎赫札德這樣一說，臉上頓時綻露出了笑容，順口說道：

"那你就講個故事吧！"

於是，姐姐就給妹妹講了一段故事。

莎赫札德是個非常會講故事的姑娘，她講的故事一下子就吸引了國王舍赫亞爾和妹妹杜婭札德，正講到最精彩時，雄雞叫了起來，天開始亮了，她馬上停住不再講下去。妹妹杜婭札德說道：

"姐姐！你講的這個故事太美麗動聽了！多麼有趣呀！"

姐姐莎赫札德說道："若蒙國王開恩，讓我活下去，那麼，下一夜我還有比這個更有趣的故事講呢！"

國王聽了這話，暗想："以萬能之神安拉的名義起誓，這故事確實挺吸引人的。我暫且不殺她，等她講完故事再說吧。"

第二天清晨，國王臨朝，宰相準備好了壽衣，本以為會替自己的女兒收屍，可國王卻埋頭處理政事，忙於發號施令，一直到傍晚，國王也沒吩咐他去再找一個女子來過夜。宰相感到非常吃驚。

第二天夜裡，宰相的女兒莎赫札德繼續講她的故事，直到雄雞高唱，末了，她說："若蒙國王開恩，讓我活下去，那麼，下一夜我的故事比這還要精彩得多呢！"國王又同意了。

這樣，莎赫札德每天講一個故事，國王每天都想："我暫且不殺她，等她講完故事再說。"

日復一日，莎赫札德的故事無窮無盡，一個比一個精彩，一直講到第一千零一夜，莎赫札德一共講了一千零一個故事，終於感動了國王。他說："憑安拉的名義起誓，我決心不殺你了，你的故事讓我感動。我將把這些故事記錄下來，永遠保存。"

於是，便有了這本《一千零一夜》。

小專題

有一千零一個故事嗎？

“這簡直是天方夜譚！”

你聽人說過類似的話嗎？“天方夜譚”這個詞，已經成了中國人的常用口語了。其實《天方夜譚》是個書名，是《一千零一夜》在中國的名稱。

中國在明朝以後稱阿拉伯為“天方國”，《一千零一夜》的故事又都在晚上講，所以中國人叫它《天方夜譚》。知道這來源，以後就不要寫成天荒夜譚了，因為不是天荒地老的晚上來講故事呢。中國人講話或寫作，都常常用“天方夜譚”這個詞來比喻誇張的甚至虛誕的事。像：

“世界上有許多問題永久無法解決，垃圾可能是其中之一，聞說有些國家有火化垃圾的設備，或使用化學品蝕化垃圾於無形，聽來都像是天方夜譚的故事。”（梁實秋〈垃圾〉）

“我們於是在這一套名貴煙具旁談了一整晚話，當真好像讀了另外一本《天方夜譚》，一夜之間使我增長了許多知識。”（沈從文《湘行散記》）

事實上，《一千零一夜》這名字也有點誇張，書裡並沒有一千零一個故事，據阿拉伯原文版統計，全書共有一百三十四個大故事，每個大故事又包含好幾個小故事，但並沒有一千個故事。它之所以名為《一千零一夜》，是因為阿拉伯人強調數量之多時，習慣在一百或一千後加一。這一點與中國人習慣用三、九表多數或多次類似。例如漢語中的“三番五次”“一而再，再而三”“貓有九命”等，其中的“三”和“九”都並非實指數字，而是形容數量或次數之多。

無論哪一國的語言裡，都有很多這類誇張數量或者表示多不勝數的詞，如果你讀過《西遊記》，一定記得孫悟空一觔斗有十萬八千里，現在“十萬八千里”這個詞就用來形容很遠很遠的距離。例如説“你們兩個人的想法相差十萬八千里”。語言裡有些帶點誇張，令人覺得生動有趣，但過於誇張，也會變成浮誇荒誕，令人覺得不實在，不值得相信。

《一千零一夜》裡，這成百上千的故事都出自宰相的女兒之口。然而，這些故事的真正作者並非一個人，而是阿拉伯地區的人長時間創作和口傳的，是一部民間故事集。

漁夫與魔鬼的故事

漁夫智鬥魔鬼

很久很久以前，有一漁夫，年歲已高，家有妻子和三個孩子，很是貧寒。他每天出海打魚，但每天只撒四網。

一天，時值正午，漁翁來到海邊，撒下網去，等了片刻，開始起網。他發覺那網很沉，怎麼拉也拉不上來，只得把網繩拴在網樁上，然後脫下衣服，潛水拉網。經過一番辛苦，好容易才把網拉出來。他穿好衣服，摘開網一看，發現打上來的竟是一頭死驢，不禁晦氣滿懷。

漁夫又撒了一網，不料起網時仍拉不動，只得又脫下衣服下海拉網。好不容易才把網拉上岸，發現打上來的是口大缸，裡面裝滿了泥沙。

漁夫把網收拾乾淨，向安拉祈禱一番，第三次將網撒下去，結果打上一網陶瓷碎片和破玻璃瓶子，漁夫免不了又是一陣長吁短歎。

休息片刻，漁夫自言自語道：“這是最後一網了，看看運氣如何吧！”

說完，用力將網撒了下去，稍微等了一會，漁夫開始起網，不料還是拉不動，他不得不再次脫下衣服，潛入水中，發現漁網陷在泥沙裡。他費了好大力氣，才把網拉上岸，只見網裡有一個銅瓶，瓶口上有蘇萊曼大帝的封口鉛印。漁夫看到銅瓶，心中十分高興，說道：

“今天這第四網沒有白撒，把這個銅瓶拿到銅器市上，定能換十個金幣。”

他拿起銅瓶，發覺那東西沉得出奇，心想：“這麼一個小東西，為甚麼這麼重？我一定要打開口，看看裡面究竟裝着甚麼！”

想到這裡，漁夫取出刀子，將瓶蓋撬開，搖了搖，往外倒了倒，結果甚麼也沒倒出來，卻見一縷青煙從瓶口冒出，直插雲霄……

看見如此光景，漁夫大驚。不一會兒，青煙漸漸聚集成團，一陣搖晃之後，變成一個魔鬼：碩大腦袋在雲天之上，雙腳插入大地，兩手似鐵叉，兩腿像帆船桅杆，嘴大如山洞，牙齒似巨石，鼻子像壺，眼睛如燈籠，奇醜無比，世間絕無。

漁夫抬頭一望，周身戰慄不止，只覺得口乾舌燥，一時不知如何是好。

“萬物非主，唯有安拉；蘇萊曼是安拉的使者。”魔鬼連聲唸道。

片刻後，魔鬼說：“喂，安拉的信徒，千萬不要殺我！我再也不違抗你的命令。”

“蘇萊曼大帝已經死去一千八百年，你怎好再說蘇萊曼是安拉的

使者？你是怎麼到這銅瓶裡去的呢？”漁夫問。

“既然如此，那就讓我給你報個喜信兒吧！”

“甚麼喜信兒？”

魔鬼惡狠狠地說：

“我要立即送你一死！”

“你我素昧平生，前世無冤，今世無仇，為何要殺我呢？不是我把你從海裡救出來，又把你從瓶子裡放出來的嗎？”

“少廢話！你說你喜歡哪種死法吧！”

“我有甚麼罪，竟有這樣的報應？”

“老頭兒，你有所不知，我本是離經叛道的妖魔，是專與蘇萊曼大帝作對的。他派宰相阿綏福將我抓去，要我聽他指揮，被我當場拒絕，結果他把我裝在這銅瓶裡，加上鉛封，下令將銅瓶投入大海。我在海底住了一百年，心想：‘誰能把我救出來，我保他終身榮華富貴。’可是，一百年過去了，沒一個人來救我。又過了一百年，我心想：‘誰能救出我，我就給他打開地下寶藏之門。’結果還是沒人救我。四百年過去，我心想：‘誰能救出我，我給他辦三件大事。’仍然無人光顧。我生氣了，心想：‘誰要這時救我，我就送他一死，死法隨他挑！’老頭兒，你恰在這時把我救出來，死神就要召喚你去了。”

老漁夫一聽，不知該説甚麼好。他想了一想，便説：

“魔王大人，你如果能免我一死，安拉會寬恕你的。”

魔鬼大怒道：“少説廢話！你打算怎樣死？”

“看在我救你的面上，你就饒了我吧！”

“正因為你救了我，我才要送你一死。”

“魔王大人，我做了善事，你為何以怨報德？”

“不要存甚麼幻想了，快説你想怎麼死吧！”

漁夫冷靜下來，心想：“我面對的是個妖魔，何不用安拉賦予我的智慧應付它呢？……”

想到這裡，漁夫説：“魔王大人，我向你請教一件事，請你指教指教。”

“甚麼事？直説吧！”魔鬼得意洋洋。

“這瓶子這麼小，連你的指甲尖都容不下，更容不下你魁梧的身材，你究竟是怎麼鑽入瓶中的呢？”

“莫非你不相信我曾在這瓶中生活過數百年？”

“眼見為實，耳聽為虛。除非親眼所見，我是不能相信的。”

“我就讓你親眼見識一下吧！”

話音未落，只見魔鬼搖身一變，化作一縷青煙，然後縮成一條細絲，緩緩進入瓶中……漁夫手疾眼快，立即撿起鉛封蓋上瓶蓋，嚴嚴實實封好，同時大聲説：

“魔鬼呀魔鬼，可惡的魔鬼，你說你想怎樣死吧！我要將你拋入萬丈深淵，然後在這裡建一座房子，終日在這裡看守，不許任何人到此打魚。我還要告訴人們，這裡有魔鬼；誰救了它，誰就會被它害死！”

魔鬼被牢牢封在瓶中，聽漁夫這樣一說，自知活命無望，後悔不已。

漁夫拿起銅瓶向大海走去。銅瓶中的魔鬼低三下四地問：

“老人家，你打算怎樣處置我呀？”

老漁翁說：

“我要把你拋入大海，讓你在那裡呆上三千六百年，直到世界末日。我剛才向你求饒，你卻非要殺我不可。現在，安拉把你交給我處置，我就用不着跟你講情面了。”

魔鬼苦苦哀求：

“老爺爺呀，你放了我吧！我一定會報答你的大恩大德的。”

“可惡的魔鬼，你說謊！如果我落到你的手裡，就會像魯揚醫師落到尤南國王手裡那樣，只有死路一條。”

“魯揚醫師跟尤南國王有甚麼關係呢？”魔鬼問。

老漁夫開始給魔鬼講《國王與醫師的故事》。

國王與醫師的故事

很久很久以前，古羅馬的法爾斯城有位國王，名叫尤南。

尤南國王金銀成山，兵強馬壯，威震四方。可是人無千日好，花無百日紅，國王不幸染上了麻風病，請來無數醫師，但誰也治不好他的病。

不久，有位名叫魯揚的老醫師來到城中。這位醫師博閱群書，上知天文，下通地理，熟悉百草藥性，醫術高明無比。

魯揚醫師入住法爾斯城不久，便聽到國王患病的消息，知他遍身生癩，御醫和所有進宮的醫師均束手無策。

魯揚得知此事後，估計國王的病症，並思考各種治療方案，忙了整整一夜。翌日清晨，他穿上禮服，來到王宮。向國王行過吻地大禮，敬祝國王尊榮長久，萬壽無疆，然後自我介紹說：

"尊敬的國王陛下，聽說國王身患小病，眾多醫師束手無策，本醫師特來為陛下施治。既不用敷膏，亦不需服藥，便讓貴體康復如初。"

尤南國王一聽，不禁驚喜萬分，忙問：

"你有甚麼神法？你若能醫好我的病體，我必讓你子子孫孫安享榮華富貴，你也將成為我的摯友。"

說罷，國王賜贈魯揚錦袍一身。國王又問：

"不抹膏，不服藥，便可袪病，是嗎？"

"國王陛下，不使您受任何痛苦，便可驅走病魔。"魯揚說。

聽到醫師如此自信，國王更感吃驚，隨後問：

"醫師閣下，你打算甚麼時候為我施治？"

"明天！"魯揚語氣肯定地回答。

醫師告辭退下，租了一間房子，開始煉藥，然後將成藥裝入一根馬球曲棍中，又特製了一枚馬球。第二天天一亮，魯揚醫師便約國王及大臣同往球場打馬球。

國王來到球場，醫師把那根特製的曲棍遞給國王，扶國王上馬，並叮囑說：

“國王陛下，您可痛痛快快地打一場馬球，直至掌心和周身大汗淋漓，然後回宮洗個熱水澡，再睡上一覺，貴體便可康健如初。”

國王縱馬馳騁球場，興高采烈地揮舞曲棍，不到一個時辰，只覺汗流浹背，手心也濕漉漉的。魯揚醫師料定藥已發揮作用，便請國王回宮沐浴。國王進入浴室，痛痛快快地洗了個熱水澡，換上衣服，就回寢宮安睡了。

次日一早，魯揚醫師來到王宮，國王上前擁抱他，然後讓他坐在自己的身旁，隨即再賞錦袍一襲。

其實昨天國王走出浴室時，已見自己身上的癩斑完全消失，皮膚白皙如銀，心中有說不出的欣喜。

國王立即舉行盛大宴會，熱情款待魯揚醫師。席間，國王問：

“醫師閣下，你是怎樣治好我這個頑疾的呢？”

魯揚醫師說：

“陛下昨天打馬球的那根曲棍，是我特別為陛下製作的含藥曲棍。當陛下手心出汗時，藥力便從掌心滲入陛下肌體各個部位，病菌隨着汗水排出體外，洗澡正是為了沖掉那些病菌。我衷心祝賀陛下康復。”

國王驚佩魯揚醫師的高明醫術，心想：“醫師魯揚妙手回春，神奇呀！我要把他當作知心朋友和忘年至交。”

散席後，國王賞給醫師禮品、禮金，並讓醫師乘御馬離宮回家。

此後一連數日，國王每天都請魯揚醫師到宮中來，一道進餐，一起談天，賜衣贈禮，親密無間，直到夜幕垂空，才送醫師回家。

尤南國王的病竟被一名醫師不費吹灰之力治癒，眾大臣看在眼裡，記在心上。其中有一位大臣，形體乾癟，相貌奇醜，鼠肚雞腸。因見國王屢屢賞賜魯揚醫師，心中嫉妒之火橫生，企圖加害醫師。他走到尤南國王跟前，行過吻地禮，然後說：

"敬祝國王陛下萬壽無疆！陛下恩澤浩蕩，普照天下，國泰民安，百業興旺。不過，臣有一言，不知當講不當講。"

"有話就直說吧！"國王有些不耐煩。

"國王陛下，古人說：'不計後果，必招災禍。'如果對自己的敵人大加賞賜，對覬覦王室金銀的人無限親近，恐怕他日必有大難臨頭。"

尤南國王一聽，面色頓改，大怒道："你說的那個敵人是誰？"

"陛下，那還能是別人嗎？不就是那個醫師魯揚！"

"魯揚醫師是我的救命恩人，僅讓我握着曲棍打了一場馬球，就治好了我的頑症，天下醫師哪一個能和他相比？他是我的親人，不是我的敵人。從今天起，我要給他安排官職，為他規定俸祿，每月給他一千金幣。其實，就是把我的財產分給他一半，也不足以獎賞他的功勞。愛卿哪，你說出這等醜話，分明是你對醫師存有嫉妒之心！我如果聽你的話，殺了醫師魯揚，就會像辛巴德國王處死獵鷹那樣，後悔莫及。"

"國王處死獵鷹？那是怎麼回事？"眾大臣異口同聲問道。

"聽朕慢慢講來……"

尤南國王開始給他們講《國王與獵鷹的故事》。

國王與獵鷹的故事

相傳，古時候，波斯有位帝王，名叫辛巴德。辛巴德國王向來喜愛郊遊狩獵，因此養着一隻獵鷹，價值十萬金幣，被國王視若至寶，朝夕相伴，形影不離，即使夜晚，也要駕在手上玩一陣；外出打獵必帶無疑，他還為獵鷹特製了一個金碗，掛在獵鷹的脖子上，專供獵鷹飲水用。

一天，辛巴德國王正在閉目養神，司禽官稟報道：

"國王陛下，外出打獵的時間到啦！"

國王立即精神抖擻，手架獵鷹，率大隊人馬，直奔山林而去。

來到山林中，劃定圍獵場，不多時就見一隻羚羊進入包圍圈。

國王說："誰放跑這隻羚羊，格殺勿論！"

獵圈漸漸縮小，忽見羚羊朝辛巴德國王直奔而來。那羚羊接近國王時，只見兩條前腿高抬，彷彿向國王行禮。

就在這時，那羚羊一躍而起，從國王頭頂上竄了過去，撒腿向谷地深處飛奔而去。

國王環顧四周，只見侍從擠眉弄眼，有的竊竊私語。

國王問司禽官："他們在悄悄議論甚麼？"

"他們在議論陛下剛才說過的那句話：誰放跑羚羊，格殺勿論。”

國王面有羞色，說：“拿我的腦袋擔保，我非抓住那隻羚羊不可！”

說完，國王策馬跟蹤而去，獵鷹展翅飛去截擊，轉眼間將羚羊的眼啄瞎，國王終於將羚羊生擒。

那天天氣很熱，谷地荒蕪，杳無人煙，人和馬都已乾渴得要命。

國王四下張望一番，發現一棵樹正滴下奶油似的液汁。國王伸手從獵鷹脖子上摘下那隻金碗，走到樹下，接了滿滿一碗液汁，正要喝時，忽見獵鷹飛來，用翅膀將金碗掀翻，液汁灑在地上。

片刻後，國王拾起金碗，又去接了一碗液汁，放在獵鷹面前，想讓獵鷹先喝，結果又被獵鷹拍翅掀翻。

國王抑制着滿腔怒火，第三次拿起金碗，接了一滿碗液汁，放在馬前，獵鷹立即飛去，拍翅將金碗掀翻。

國王大惑不解，怒道：

“該死的兇鳥！你不讓我喝，你也不喝，竟然還不讓馬喝，豈有此理！”

盛怒之下，國王拔劍出鞘，手起劍落，獵鷹的翅膀登時被削落在地。

獵鷹掙扎着，抬頭示意辛巴德國王朝樹上看。國王抬頭朝樹上望去，只見一條巨蛇盤在樹枝上，這才知道從樹上滴下來的不是果汁，而是蛇的毒液。

國王懊悔萬分，恨自己不該那麼鹵莽，錯斬獵鷹的翅膀。

國王回到宮中，駕着獵鷹坐下來，只見獵鷹生氣全無，不多時便死去了。

國王望着心愛獵鷹，痛心疾首，後悔不已，明白獵鷹救了自己一命，而自己卻誤殺了自己疼愛的寵物。大臣聽後，說：

"國王陛下，我之所以向陛下進忠言，原因在於我看到對陛下不利的事情。陛下若聽臣言，必將安然無恙；不然，陛下必將面臨滅頂之災，就像謀害王子的那位大臣一樣慘遭厄運。"

"哪位大臣？"

大臣開始講《王子與女妖的故事》。

王子與女妖的故事

從前，有一位國王，很喜歡狩獵。國王膝下只有一個兒子，所以愛之如命。他把王子託付給手下的一位大臣，叮囑大臣要與王子形影不離，好生照管王子。但是，那位大臣心地險惡，千方百計想謀害王子。

有一天，王子外出打獵，大臣相隨。來到野外，忽見一隻野獸出現，大臣忙對王子說："不要放掉這隻野獸，快追呀！"

王子奮力直追，直到那頭野獸消失得無影無蹤。這時，王子迷失了方向。不知該往哪裡走。突然間，見一女子出現在路旁，淚水潸然流淌，哭得甚是傷心。王子問：

"你是甚麼人？為甚麼在這裡哭泣落淚？"

那女子答道：

“我是印度國王的小女兒。只因在野外騎馬遊玩時，忽打瞌睡，跌下馬背，一時昏迷，不省人事。當我甦醒過來時，已不見同伴蹤影。”

王子聽女子這樣一說，同情之心油然而生，隨即扶她上馬，讓她坐在自己身後，隨後策馬離去。

二人來到一個小島，女子對王子說：

“小主公，請允許我方便一下。”

王子扶女子下馬，讓她走到避人處小解。王子等在那裡，見女子久久不回，便去找她。王子走了不遠，便聽那女子低聲喊道：

“孩子們，我給你們領來一個肥的……”

王子又聽到有人回答：

“好媽媽，快把他帶來，好讓我們美餐一頓。我們餓極了……”

原來那女子是個食人女妖，根本不是甚麼公主；回答她的是些小妖精。

王子不禁周身顫抖，自信只有死路一條，急忙後退了幾步。

女妖回來，見王子神魂不安，問道：“你怎麼啦？”

王子戰戰兢兢地說：“有壞人……我怕……”

“你不是說你是王子嗎？”

“我是王子。”

“有壞人，給他點錢，不就打發他走了嗎？”

“那壞蛋不要錢，只要命；只怕我是沒命了。”

“那你就求安拉保祐你吧！”

王子抬頭望天，祈禱道：

"安拉啊，你是萬能之主，有求必應的主；唯有你能制服惡魔，保祐善人！"

女妖聽到王子的祈禱聲，頓時蹤影全無。

王子經過一番辛苦跋涉，終於回到父親身邊，把遭遇食人女妖的經歷，從頭到尾講了一遍。

國王得知王子險些喪命，責任全在那個心地陰險的大臣身上，於是立即下令將他斬首。

大臣講完故事，對尤南國王說：

"國王陛下，你越相信那個醫師，他也就把你害得越苦。不管你對他多麼好，他也會害你的。你想想，他能讓你握握曲棍，就能治癒你的頑症，他就不能讓你握個甚麼別的東西，要你的命嗎？"

國王說：

"愛臣說得有理！那醫師也許會像你說的那樣，是個奸細，是專門來害我的。他能讓我握握馬球曲棍治好我的病，也許讓我聞點甚麼氣味，就能送我一命歸天。……既然如此，愛臣，我們該怎麼辦呢？"

"把他立即召進宮來處死，免得夜長夢多。"

"就按你的主意辦！"

國王遂差人去喚魯揚醫師進宮。

魯揚醫師照例興沖沖地來到宮中。國王開口便問：

"你知道我為何宣你來嗎？"

魯揚說："未來之事，只有安拉曉得。"

"我這次召你來，是要處死你。"

醫師一驚，問道："國王為何要處死我？"

“有人告知我，説你是奸細，存心害我。因此，我要先下手斬下你的首級。”

國王緊接着大聲喊道：“劊子手！”

話音未落，幾個彪形大漢應聲而至。國王説：

“把這逆賊拉出去，割下他的首級！”

醫師説：

“國王陛下，聽我進一言：你留下我，安拉也會留下你；你不要因為殺我，使安拉要了你的命。”

國王怒道：

“不把你殺掉，我豈能安心！你讓我握握曲棍便可袪除我的頑疾，又何嘗不能讓我聞聞某種氣味而送掉我的命呢！”

“陛下，你為甚麼恩將仇報？”

“劊子手，立即斬！”國王下令道。

劊子手一擁而上，將魯揚醫師的雙眼蒙住，緊接着抽出寶劍……魯揚醫師哭着對尤南國王説：

“國王啊國王，你留我一條命，安拉也會留你一條命；不要因為殺我，使安拉要了你的命。”

這時，幾位大臣異口同聲説：

“國王陛下，就求你赦免這位醫師吧！我們沒發現他有甚麼壞心，只看到他為陛下治好了群醫無策的頑症。”

尤南國王聽後，無動於衷，仍舊説：“不殺掉他，我怎能安心！他是奸細，存心害我。”

魯揚知道國王非殺自己不可，便説：

“陛下若一定要殺我，那就懇求陛下稍緩執行，容我回家一趟，安排一下後事。我家裡藏有極珍貴的醫書，理當奉獻給國王，將之珍藏在皇家寶庫中。”

“甚麼珍貴醫書？”國王問。

“內容豐富無比，其中有世人鮮知的幾種秘方。期望陛下砍下我的腦袋，再翻閱那本書，打開第三頁，讀倒數第三行；那時，我的頭就會與你交談，回答陛下提出的各種問題。”

國王驚愕萬分，奚落道：“砍下你的頭，你還會說話？”

“決非戲言。”

國王即派人監視醫師回家料理家事並取書。

第二天，朝廷上一片熱鬧景象，無不等待着觀看奇跡發生。

魯揚醫師準時步入大殿，手捧一部古書和一隻藥瓶，從容坐下，說道：

“請陛下吩咐宮僕取一個盤子來。”

宮僕把盤子放在醫師面前，只見魯揚將藥粉均勻地撒在盤子上，然後說：

“國王陛下，請拿着這部書，等我的頭被砍下之後，你才翻閱。將我的首級放在這盤子上，只要一挨藥粉，便立即止血，隨之陛下就可以翻閱書中的秘方了。國王陛下如已聽明白，就可命令劊子手揮劍了！”

國王一聲令下，劊子手手起劍落，醫師首級滾落在地，僕人隨後將首級放在盤子上，但見血真的止住了。魯揚醫師的雙目依舊圓睜，炯炯有神，望着尤南國王，說：“國王陛下，你可以翻閱醫書了！”

國王開始翻閱，發現書頁相黏，邊用手指蘸唾沫，邊一頁一頁地翻看，用了很大力氣，才翻到第六頁，也沒看見一個字。國王不耐煩地問：

“這書裡怎麼一個字都沒有？”

醫師的頭說：“再往後翻呀！”

國王翻着翻着，只覺頭暈目眩，體力漸失，頃刻倒在地上，口吐白沫，雙目翻白……

魯揚醫師的頭欣然歎道：“為王手握大權，總求地位久長；寶座頃刻坍塌，恰似曇花一現。為王治事公正，必得萬民讚揚。暴虐如若成性，危機必伴權杖；朝起耳聞頌歌，覆滅只在夕陽。”

魯揚歎罷，尤南國王一命嗚呼。原來那書上浸有致命毒藥，那毒藥順唾液滲入那位糊塗國王的體內，國王因之喪命。

講到這裡，漁夫對瓶中魔鬼說：

“魔鬼呀，魔鬼，假若國王聽醫師的勸阻，安拉本會留他一命的；可是，糊塗國王卻一定要殺醫師，結果安拉要他的命。”

魔鬼聽後，大聲喊道：

“老人家，老人家，千萬不要把我拋入大海！老人家，請你高抬貴手，放我一馬！古諺說：‘以善報惡，惡自悔過。’”

漁夫說：

“你以怨報德，足見你本性險惡。我不僅要把你拋入大海，還要告誡天下所有人，讓他們百般警惕你，一旦把你撈上來，立即將你丟入大海，使你永遠呆在海底，受苦受難，直到世界末日來臨。”

“老人家，老大爺，老祖宗，我求求你，放了我吧！我向你保證，永不傷害你，使你永享富貴榮華……”

心地善良的人，耳朵根子總是那樣軟。漁夫終於同意放魔鬼出瓶，並與魔鬼達成協定：漁翁放魔鬼，魔鬼永不傷害漁翁，並永遠為漁翁做好事。

漁夫相信了魔鬼的諾言，隨手打開瓶蓋，頓見一縷青煙冒出，直衝雲天，又變成一個面目猙獰，形態醜陋的魔鬼。魔鬼生怕再次上當，立即抬腳將銅瓶踢進了大海。

見此情景，漁翁心慌不已，但還是壯着膽子，說：“魔鬼呀魔鬼，你若背棄諾言，尤南國王的下場就是你的末日！”

魔鬼哈哈大笑，說：“老頭兒，跟我來，我讓你開開眼界！”

四色魚的故事

漁夫跟着魔鬼走去，來到一座山上，又順着羊腸小道下山，但見一片空曠原野出現在眼前。走着走着，來到一汪湖水邊，魔鬼對漁夫說：

“老漁翁，撒一網吧！”

漁翁朝湖中望去，只見水中游着白、紅、黃和藍四種顏色的魚。

漁翁一網撒下，打到四條魚，一條一種色，不禁驚喜萬分。

魔鬼說：

“老漁翁，你把這四條魚送到王宮，獻給國王，國王一高興，説不定會賜給你寶貝，使你發家致富。我在大海底苦熬了一千八百年，是你把我打撈上來，讓我重見光明，我只有這樣報答你的恩德。日後，你一天撒一網，也就足以養家餬口了。”

話音未落，只見魔鬼雙腳跺地，大地頓時裂開一道縫，魔鬼喊了一聲“再見”，身影消失在縫中，大地當即恢復原貌，平坦如初。

漁夫想到剛才發生的一切，心中又驚又喜。他把魚帶回家，放入水罐中，四條魚當即歡快地游了起來。按照魔鬼叮囑，漁夫頭頂魚罐進到王宮，將四色魚獻給國王。

國王見魚大喜，吩咐宰相：“快把魚交給廚娘！”

那位廚娘是三天前羅馬國王送給他的，還不知她烹飪技術怎樣。

宰相對廚娘説：

“這魚是臣民獻給大王的。今天，就讓陛下欣賞一下你的廚藝吧！”

交待完畢，宰相回到國王面前，國王吩咐宰相賞給漁夫四百個金幣。

廚娘接過魚，收拾乾淨，放在鍋裡煎。煎好一面，剛要翻魚時，忽見牆體裂開，走出一位少女，天生麗質，頭纏藍絲巾，耳環、手鐲、戒指都華美無比。少女手握一根竹杖，將杖伸進油鍋，説道：

“魚兒呀，你可信守約言？”

話音未落，但見四條魚抬起頭來，齊聲回答：

“信守，信守！”

廚娘見此情景，當即嚇得魂不附體，不省人事。魚兒説完，少女轉身走進牆縫，牆體裂縫合攏如初。廚娘甦醒過來之時，已見四條魚全被煎焦，形同黑炭。

宰相來取魚時，見廚娘啼哭不止，問其究竟，廚娘將剛才發生的事情如實相告。宰相聽後，驚歎道："唉，這真是新鮮事呀！"

宰相立即差人叫來漁夫，要他務必立刻再打同樣四條魚來。漁夫沿原路走到湖邊，一網撒下，打上四條魚，隨即送往王宮。宰相賞賜過漁夫後，把魚交給廚娘說："今天我要看着你煎魚，親眼見見那番奇景。"

廚娘照例操作，果見少女步出牆體，用竹杖翻魚，且說了同樣的話。

魚兒答道："信守，信守！"少女原路而歸，牆縫縫合如初。

宰相對廚娘說："這事不好瞞着國王陛下，我要立即回去稟報。"國王聽後大為吃驚，說："我要親眼見識一下！"

第二天，漁夫按時送來四條魚，國王照樣賞給他四百個金幣。國王對宰相說：

"你親自來煎這四條魚，讓我一旁觀看。"

宰相把魚收拾乾淨，放在油鍋裡煎，煎好一面，正要翻魚時，忽見牆體裂開，走出一黑大漢，體壯如牛，膀寬腰圓，手拿一根柳木棍子，邊翻魚，邊粗聲粗氣地說："魚兒，魚兒，你可信守約言？"

四條魚一起抬頭答道："信守，信守！"魚兒話音未落，黑大漢轉身走進牆中，牆縫頓時合攏。

國王見此情景，説道："怪哉！怪哉！新奇，鮮見！這魚定有非同尋常的來歷。"

國王差人宣漁夫進宮，問道："老漁翁，這四條魚，你是從哪裡打來的？"

漁翁答道："城外那座山後，有四座大山，大山當中有一汪湖水，湖中的魚全是四色的。"

"那湖離這裡多遠？"

"只有半個時辰的路。"

國王即令漁夫帶路，親率文臣武將前往觀看。

大隊人馬翻山越嶺，走過開闊曠野，來到湖邊，果見湖中游的全是四色魚。國王吃驚地站在湖岸上，問左右："你們當中誰見過此地有這樣一汪湖水？"

"沒有。"隨從們異口同聲地答。

"不弄明白這湖水的秘密，我決不打道回宮。"國王說。

國王立即命令手下人就地安營紮寨，又喚來博學多才、經驗豐富、精明幹練的宰相，說：

"宰相，今晚我要探索湖魚秘密。你坐在我的大帳門

外，不要讓任何人打擾，就說我身體欠安，千萬不可泄露我的意圖。”宰相照國王叮囑守在大帳門口。

國王一番着意化裝，佩上寶劍，乘夜色離開大帳，一路步行，直走到東方大亮。稍事休息，又一直行至紅日西沉。第三天天亮時分，才見前方出現一團黑影，國王心中暗感欣喜，心想若能碰上一個人，也許能從他口中得知湖魚秘密。

可是，當國王走近那黑影時，卻發現那是用玄武石建成的一座宮殿，兩扇鐵大門一開一關。

國王上前敲門，無人答聲；又敲兩次，仍無動靜。於是斗膽踏進大門，高聲喊道：“主公大人，我是過路客人，給我點兒東西吃吧！”

國王連喊三聲，沒有聽到任何回應。國王定定神，穿過長廊，走到宮中，見那裡空無一人，然而陳設一應俱全。宮院正中有一座噴水池，池邊上立有四尊赤金獅子雕塑；泉口噴着清澈透明的水柱，水到空中，聚結成千萬顆珍珠和寶石，五光十色，緩緩落入池中。院中養着各種鳴禽，空中張着金絲網，鳥兒上下翻飛，左右蹦跳，但卻無法衝出牢籠。

眼見此美景，國王驚異不已，但卻因找不到一個能告訴湖魚秘密的人而感到遺憾。正在這時候，忽聽有人吟詩，國王立即站起來，向聲音傳來的方向走去，快步來到一個大廳，只見那裡垂着一道幕簾。

國王掀開幕簾，見那裡放着一張鑲金白玉石寶椅，上面坐着一位青年，相貌端正，面色紅潤，腮上有顆美人痣，身穿繡金絲袍。雖英俊有餘，但眉宇間的愁雲卻清晰可見。

國王上前施禮問安，青年向國王還禮後，說：“先生請原諒，我站不起來。”

國王問：“美男子，你可曉得那湖中彩色魚的秘密？你又為何獨自坐在這清冷的宮殿中呢？”聽陌生人這樣一問，小伙子淚水潸然而下，直淌腮邊。

國王詫異地問：“美男子，大丈夫，為甚麼落淚？”

“我成了這個樣子，怎不傷心呢！”

說着，青年撩起繡金絲袍角，國王驚奇地發現那青年的下半身竟然全是石頭的。

青年說：“那彩色魚嘛，故事真可謂離奇，若筆錄下來，足以供後人借鑒。”

“請講給我聽聽吧！”國王央求道。青年開始講述自己的身世。

着魔王子的故事

主公，家父本是這裡的國王，名叫邁哈姆德，是黑島及其周圍大地的主人。父王在位七十年，駕崩之後，由我繼承王位。我與堂妹自幼相伴，青梅竹馬，終於結為夫妻，相敬如賓，不覺五年飛逝而過。

有一天，妻子去浴池洗澡，我叮囑廚師準備飯菜後，便步入寢宮，躺在床上，兩宮女為我打扇。因妻子不在身邊，我多少有些心神不寧，只是合着眼，但未入睡。這時，我聽一宮女對另一宮女說：

“麥斯歐黛，我們的國王年輕英俊，卻娶了那樣一個騷貨，怪可憐的。”

另一宮女說：“是啊！我們這位國王德才過人，萬不該娶那樣一個淫婦。你瞧她，每天都不在國王床上過夜呢！”

“國王也真是大意，從不過問她去幹甚麼！”

“你真糊塗！假如國王知道王后的真實情況，會不問嗎？也許國王不知道究竟發生了甚麼事呢。那個壞女人每晚就寢之前，都讓國王喝一杯酒，那酒裡放了蒙汗藥，國王喝下之後，不久便深深沉入夢鄉，對之後發生的事，他一無所知。國王熟睡之後，王后濃妝艷抹，溜出便門，直到天大亮才回來。她回到寢宮，點着一炷香，在國王鼻子前一晃，國王方才從沉睡中醒來……”

我聽宮女這樣一說，心亂如麻，一時不知如何是好。

妻子洗澡回來，吃完飯，我坐上一個時辰，就照習慣上了床。妻子照例送來一杯酒，但我沒喝，偷偷倒在睡袍上，佯裝與平日一樣，躺了下去。

這時，我聽妻子說：“沉睡吧！但願你不再醒來！我討厭你的模樣，不想和你一起過一輩子。”話音未落，只見她走去換上華麗服飾，帶上短劍，轉身出了寢宮。我隨即起來，化裝悄悄跟在她的身後，穿過市場，走出城門，來到兩座山丘之間的一座圓屋頂式城堡前，只見她迅速溜進城堡大門。

我登上圓屋頂，注視着她的行動。我看到她走到一個黑奴面前，向黑奴行叩拜禮。那黑大漢抬起頭來，說：

“你這個該死的娘兒，怎麼這麼晚才來？剛才來過許多朋友，他們邊抱着自己的美人兒，邊暢飲美酒，就苦了我一個……”

我妻子說：

“親愛的，別動怒！你難道不曉得我是有夫之婦？我與堂兄結為夫妻，但我討厭他那個模樣。如果不怕出甚麼事，我早把京城化為廢墟，讓貓頭鷹和烏鴉在那裡安家落戶，把那城牆上的玄武石全搬到嘎夫山後去！”

黑奴說：“賤人，你說謊！你們白人真不講義氣！如果今後你還來得這樣晚，我就不理你了！”

……

聽妻子與黑奴說這些話，我一時感到無地自容。我又見我妻子淚如雨下，低三下四地說：

“親愛的，我心裡只有你；沒有你，我簡直活不下去，你是我的理想，你是我的希望！”

我妻子再三哀求，那黑奴才寬恕了她。她問黑奴：“你這裡有甚麼吃的嗎？先讓我吃一口吧！”

黑奴說：“發麵槽下有燉好的骨頭，你拿出來啃吧！這個罐子裡還有些剩湯……”

我看她吃喝完畢，洗了洗手，便與那黑漢鬼混起來……眼見此景，我的肺都氣炸了，隨即破門而入，抄起我妻子帶去的那柄短劍，先向黑漢的脖子上捅了一劍，那黑奴一個勁地喘粗氣，我以為那黑奴必死無疑。我妻子悄悄地溜了。

我帶着那柄短劍，返回王宮，在床上一直躺到大天亮。

清晨，我見妻子剪短了頭髮，穿上了孝服。她哭哭啼啼地說道：

"堂兄，莫見怪！家母去世，家父戰死，哥哥被蠍子螫死，弟弟又因噎喪命，我怎能不悲傷呢！"

我隨口道："你看該怎麼辦就怎麼辦吧！"

整整一年光景，她總是泣哭落淚。

一年後，妻子對我說："我想在宮中建一座'哀廬'，用來向父母兄弟誌哀。"

"隨你的意吧！"我一口應允。

她果然在宮中空地上建成一個圓屋頂式房子，酷似陵寢。之後，她把那個黑奴接進哀廬。那時，黑奴下半身已癱瘓，於她已無半點用處。

自我刺了那黑奴一劍，他只能喝些湯水，充其量只能算活着，離死期已經不遠了。我妻子每日給黑奴送飯餵水，一早一晚伺候他，我從不介意。

有一天，我溜進哀廬，見妻子正批打自己的面頰，且淚流滿面，口中振振有詞。

我問妻子："堂妹，你整天落淚，要到何時為止呀？"

她厲聲說："用不着你管！你若再干預我，我只有尋死。"

自那以後，她又哭了整整一年。

第三個年頭到了，我對眼前發生的事情已感到厭煩，又走進哀廬，見妻子在那裡長吁短歎：

"我的先生，我的主公，你過去對我那麼好，現在怎麼一言不發，一聲不吭？……"

我聽她讚揚黑奴，邊衝了進去，怒問道：“你要痛苦、落淚到何年何月？”

妻子發火了：“你這個該死的！難道是你刺傷了我的情夫，讓他這樣不死不活熬了三年時光？”

我立即回答：“我本想一劍送他下地獄！”我真想一劍結束我妻子的性命，而且我已把劍舉到空中……

我妻子得知把那黑奴變成殘廢人的果真是我，便站了起來，唸了幾句咒語，然後說：“神助我令妖術立見奇功……”

她指着我，接着說：“你的下半身化為石頭吧！”

自那時起，我便變成了現在這個樣子：站不起，躺不下，想死卻死不了。主公閣下，不僅是我，就連這城中的市場、街道、庭院、花園，都中了她的妖術。我們這座城中，本來住着伊斯蘭教、基督教、猶太教和拜火教四種信徒，正是我那可惡的妻子，施了妖術，把他們變成了你所見的四種顏色的魚：白的是伊斯蘭教徒，紅的是拜火教徒，藍的是基督教徒，黃的是猶太教徒。原先這裡有四個島，因為中了她的妖術，變成了四座山，就是湖周圍那四座山。

主公閣下，更難忍受的是，她每天都來這裡，扒下我的衣服，狠抽我一百皮鞭，打得我死去活來。她懲罰過我之後，就去給那黑奴餵湯餵水……

王子講到這裡，國王說：

“小伙子，我一定要為你做件好事，以留名青史，讓後人永遠記起我。”國王與王子一直談到夜深人靜，萬籟俱寂。

國王耐心等待到雞鳴時分，甩掉斗篷，提着寶劍，衝入哀廬，只見那裡燭光通明，桌子上擺放着香料和鮮花。國王衝上去，手起劍落，黑奴一命嗚呼，然後背起屍首，轉身出門，將他投入一口深井裡。國王立刻速返哀廬，換上黑奴的衣服，握緊利劍，躺在床上裝睡。

那王后抽打完她的丈夫，端着酒菜來到哀廬。她一進門，便嚎啕大哭，泣不成聲的說："親愛的，你開口說話呀！你開口吧！"

裝成黑奴的國王躺在那裡，壓低聲音，模仿着黑奴的語調，說："無能為力了，只有依靠萬能的安拉了！"

女人聽見話音，欣喜若狂，忙說道："親愛的，你說得很對！很對！"

國王把聲音壓得更低："這個賤人，你不配跟我說話！"

"為甚麼？"女人問。

"你天天折磨你的丈夫，你丈夫哭叫求救，弄得我整天不得安寧；不然，我早就康復了。”

“照這樣說，我就該解救他啦？”

“快去解救他去吧！”

女人立即走到宮中，端來一碗水，唸了幾句咒語，水在碗裡立刻沸騰起來。過了一會兒，她將水向丈夫身上灑了少許，同時說：“變，變，變……恢復原形吧！”

話音未落，王子周身一抖，健壯如初，英俊不減當年，忙說道：“我證萬物非主，唯有安拉；穆罕默德是安拉的使者。”

那女人衝着王子大喊：“你走你的吧！從此不要再回來；不然我就殺掉你！”

王子颯然離去，女人回返哀廬。女人對“黑奴”說：“親愛的，我們自由了，起來，讓我看看你吧！”

國王用更低沉的聲音說：“你的所作所為僅僅解除了我的恐懼感，但沒有使我得到完全快樂。”

“你還有甚麼要求？”

“還有城中居民和四島……每夜三更天，湖裡的魚總是抬起頭來向我求救，使我心神不安。你快去解救他們吧！這樁事辦好，你再回來拉一拉我的手，我就會站起來了。”

那女人滿以為黑奴在說話，心中高興，忙說：“好的！好的！”

女人走去，快步來到湖邊，從湖中捧出一捧水，唸了幾句咒語，湖中的魚兒一個個縱身一躍，霎那間變成了人。居民們掙脫了妖術，城市恢復了昔日繁榮，買賣興隆，人人安居樂業。

那女人回到哀廬，嗲聲嗲氣地說：“親愛的，這該讓我吻吻你的手了吧？”

國王細聲細氣地說：“靠近我一點兒呀！”

女人伸過頭來，國王一劍刺穿了她的胸膛；順手一揮，女人的身子當即被削成兩片。國王離開哀廬，來到宮中，見王子正在那裡等着他。二人相互道安，王子連聲表示謝意。國王問：“王子殿下，你是居留本城，還是願往我的京城？”

“國王陛下，你知道此地距你的京城多遠嗎？”

“兩天半路。”

“陛下，你有所不知，此地距貴國京城遙遠得很哪！會走路的人，也要走上整整一年。你之所以能在兩天半內到達這裡，原因在於此城中了妖術。尊敬的陛下，我是再也離不開你了。”

“好，好，好！你就當我的兒子吧！”二人緊緊擁抱，欣喜若狂。

不知不覺，國王離開故鄉已有一年，思鄉之情很重。王子令手下人備好行裝和禮品，與國王一同上路。走了一年整時間，方才抵達京城。消息傳開，京城一片沸騰，宰相親率百官出城相迎。

國王回到宮中，向眾臣子講述了着魔王子的悲慘遭遇，在座者無不驚詫。國王對宰相說：“快把那老漁翁請到宮中來！”

漁夫來到國王御座前，國王說：“老人家，由於你的指點，使那座城中的居民全部得救了。你功高無比，值得特別賞賜！”國王向老人贈送錦袍和禮品，並問老翁家裡有甚麼人。老人說家有一子二女，國王當即派人把老漁夫全家接入宮中。國王當着百官宣佈，立即娶老漁夫的大女兒為王后，將二女兒許配給王子為妻，任命漁夫的兒子為皇家司庫，掌管全國錢糧。

隨後，國王派自己的宰相到王子的黑島擔任國王，並令王子的五十名隨從跟新國王返回，帶上大批禮物，以備送給王公大臣。

宰相吻過國王的手，與國王及王子告別，轉身踏上遙遠征程。

老漁翁成了國丈，一家人安享榮華富貴，直至天年盡竭。

小專題

萬能之神——安拉

在《一千零一夜》，你經常可以看到主人翁向“安拉”祈求衣食，祈求幫助，祈求寬恕，或者以祂的名義起誓……。

安拉到底是誰？祂真有點像中國人的“觀音菩薩”，歐洲人的“基督耶穌”啊。

安拉是伊斯蘭教徒信奉的神，也有譯成“阿拉”的。在阿拉伯文裡，是“唯一的主”的意思，亦即“唯一的真神”。

伊斯蘭教是公元七世紀初起源於阿拉伯半島的，在這個半島上，有個城市叫麥加，當地的居民原來信很多神，其中安拉是麥加居民的創造神。伊斯蘭教先知穆罕默德宣稱受安拉啟示，創立伊斯蘭教，獨尊安拉，不拜其他神。

進入伊斯蘭教的清真寺，你不會找到神像，只見到很多美麗的圖案，因為伊斯蘭教認為安拉沒有形象，所以不能畫出或造出形象來。全世界現在有十億多伊斯蘭教徒，他們每天朝拜時，不是拜安拉的像，而是朝着聖城麥加的方向朝拜。

安拉既然是伊斯蘭教的唯一真神，阿拉伯文學裡的主人公每有祈求，自然就想着安拉了。

有時你會聽到中國人把伊斯蘭教叫作回教，那是因為中國的回族信奉伊斯蘭教，因此中國人俗稱伊斯蘭教為回教。但非中國人是不會明白的，所以我們還是叫伊斯蘭教比較好。

趣味重溫（1）

一、你明白嗎

1. 國王舍赫亞爾為甚麼要每天娶一個女孩，次日又殺掉她？
   a. 他的弟弟教唆他這麼做。
   b. 他以這方式來遊戲取樂。
   c. 他親見皇后的不忠，以這方式來報復。
   d. 他本想再娶皇后，可這些女孩實在無趣，令他很快厭煩。

2. 〈漁夫智鬥魔鬼〉中，漁夫把魔鬼從銅瓶中救了出來，魔鬼反而要殺死漁夫是因為：
   a. 漁夫打破了魔鬼在銅瓶中千百年來的平靜生活。
   b. 魔鬼要實現他先前許下的諾言。
   c. 魔鬼生性邪惡，殺人是他的本性。
   d. 死對漁夫來說是一種解脫，是一件喜事。

3. 在〈漁夫與魔鬼的故事〉中先後穿插了〈漁夫智鬥魔鬼〉、〈國王與醫師的故事〉、〈國王與獵鷹的故事〉、〈王子與女妖的故事〉、〈四色魚的故事〉和〈着魔王子的故事〉六個故事，形成大故事套小故事的結構，試把以上六個故事依照套層填寫在下列口袋中。

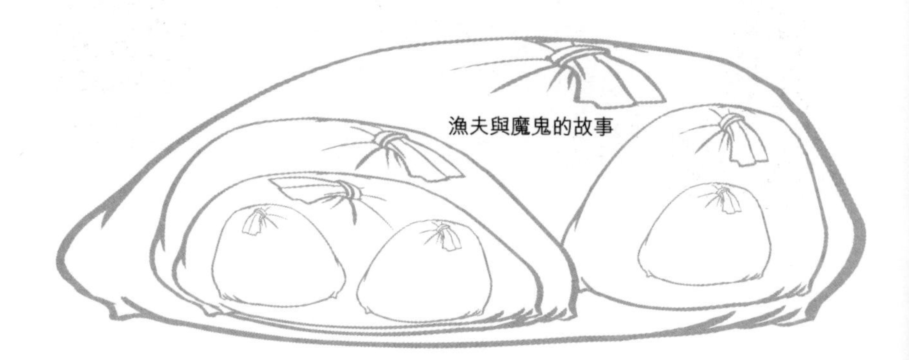

4. 〈王子與女妖的故事〉中，女妖為甚麼要告訴王子擺脱壞人的方法呢？
   a. 她見王子心地善良，有意教他為人處世的方法。
   b. 王子帶了她那麼遠，以此方式回報他。
   c. 女妖缺乏心計，無意中弄丟了到手的肥肉。
   d. 女妖害怕安拉的懲罰，有意放走王子。

二、想深一層

1. 魔鬼剛離開瓶子時，擔心漁夫殺他，後來卻惡狠狠要殺漁夫，只因他聽到漁夫説了“蘇萊曼大帝已經死去一千八百年，你怎好再説蘇萊曼是安拉的使者？”這樣一句關鍵的話。根據故事上下文分析可知：如果漁夫在 ________________ 年前救出魔鬼，魔鬼不但不會殺他，還會給他好處呢。

2. 根據下列片段，想想漁夫的性格特點。

A 懶惰	B 善良	C 知足	D 懦弱	E 機智	F 誠實	G 膽小

   a. 有一漁夫，年歲已高，家有妻子和三個孩子。他每天出海打魚，但每天只撒四網。(　)
   b. 漁夫説“這瓶子這麼小，連你的指甲尖都容不下，更容不下你的魁梧身材，你究竟是怎麼鑽入瓶中的呢？”，“眼見為實，耳聽為虛。若非親眼所見，我是不能相信的。”當看見魔鬼重新進入瓶子時：漁夫手疾眼快，立即撿起鉛封蓋上瓶蓋，嚴嚴實實封好。(　)
   c. 國王差人宣漁夫進宮，問道：“老漁翁，這四條魚，你是從哪裡打來的？”漁翁答道：“城外那座山後，有四座大山，大山當中有一汪湖水，湖中的魚全是四色的。”國王即令漁夫帶路，大隊人馬來到湖邊，果見湖中游的全是四色魚。(　)

3. 《一千零一夜》寫的角色很生動，講故事的方法也很多。例如〈毛驢、黃牛與農夫的故事〉中，就用了將動物比擬為人的擬人法，從不同角度鮮活地刻畫了一頭妒忌心強，又沒有心機，輕信別人說話的黃牛形象。

試說說以下有關黃牛的描述，分別借用了人物描寫的哪些方法？

A 語言描寫　B 動作描寫　C 形態描寫　D 心理描寫

a. 第二天一早，農夫牽着黃牛下地，見黃牛懶洋洋的一點力氣也沒有。＿＿＿＿＿＿＿

b. 黃牛對毛驢說："你多自在，我多勞累呀！你吃的草料都過了篩子，而且有那麼多人伺候你，即使主人有時騎你一遭，轉眼間也就打道回府了。你瞧，我呢？整天裡不是耕地，就是拉磨，無止無休，累得要命。"＿＿＿＿＿＿＿

c. 黃牛開始大口大口吃起來，把槽中的草料吃得精光。

＿＿＿＿＿＿＿

4. 故事中人和動物均有特異功能，試根據故事從百寶箱中選出各特異功能，安裝在下列各人或動物身上的項鏈墜子中。

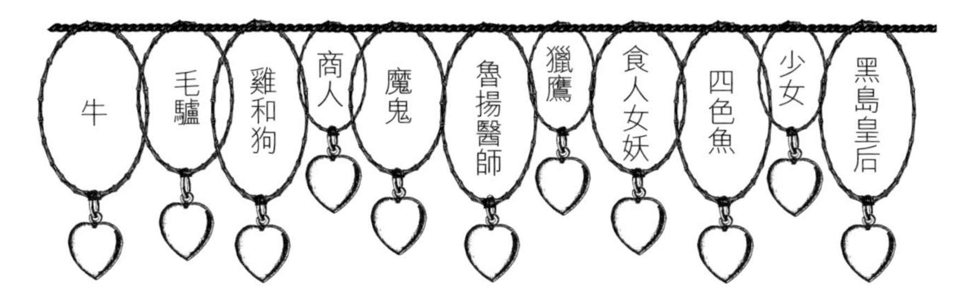

5. 《漁夫與魔鬼的故事》善用有寓意的小故事代替直白的説教，收到更好的説服效果。例如講一個〈毛驢、黃牛與農夫的故事〉就遠比説“不要多事”有説服力。試説説以下三個小故事中，分別含有甚麼寓意和啟示？（可選擇多個答案）

〈國王與醫師的故事〉＿＿＿＿＿＿＿＿＿＿

〈國王與獵鷹的故事〉＿＿＿＿＿＿＿＿＿＿

〈王子與女妖的故事〉＿＿＿＿＿＿＿＿＿＿

a. 魯莽行事易鑄大錯。
b. 禍福無常，平常看待。
c. 害人之心不可有，害人必害己。
d. 做人要知恩圖報。
e. 凡事要多留個心眼，不能盲目相信他人。
f. 用人失察，後患無窮。
g. 流言誹謗多了，骨肉之親也可反目，互相殘殺。

三、延伸思考

1. 《漁夫與魔鬼的故事》裡漁夫無意中救出了魔鬼，魔鬼卻要殺死他。好不容易漁夫才把魔鬼騙回瓶中，如果你是漁夫，在魔鬼的再三求饒下，你會重新放魔鬼出來嗎？為甚麼？

2. 試用〈毛驢、黃牛與農夫的故事〉的方法，發揮一下想像力，想像你有個朋友可以聽懂動物的話，來講一個故事。（例如：他聽到動物講禽流感等等）

阿里巴巴與四十大盜

引子

很久很久以前，古代波斯的某城鎮裡，住着兄弟二人，哥哥名叫卡西姆，弟弟名叫阿里巴巴。他們的父親很窮，死後沒給兒子留下甚麼財產。兄弟二人分家後，哥哥卡西姆與一富家的女兒結了婚，走上經商之路，生意興隆，不久就成了當地的一個大富商。弟弟阿里巴巴，跟一個窮苦人家的姑娘結了婚，家境依舊貧困，住房窄小，收入不足維持生活。

阿里巴巴每日都到山中打柴，依靠三頭瘦毛驢把柴運到城中，沿街叫賣，用賣柴所得的錢來買回所需。

“芝麻，開門！”

有一天，阿里巴巴正在山中砍柴，無意中抬頭遠望，忽見遠處有一股煙塵升起，漸漸向着自己所在的地方移動。他留神凝視片刻，見煙塵下出現一隊人馬，不禁一驚，心想：“這些人可能是強盜，說不定會搶走我的毛驢和柴禾……”想到這裡，阿里巴巴急忙把毛驢趕到叢林中的小道上，自己爬上一塊巨石旁的大樹，藏在濃密的樹葉中，暗暗觀察那隊人馬。

阿里巴巴仔細一數，總共有四十條大漢，各騎一匹大馬。他們騎着馬來到那塊巨石旁，首領高喊道：“站住！我們要來的地方就是這個山坡。”

大隊人馬停了下來，大漢們紛紛離鞍下馬，每個人都從馬背上取下一個沉甸甸的鞍袋，緊緊跟在他們的首領後面。首領走到巨石前，大聲喊道：“芝麻，開門！”

話音未落，巨石上有一座石門開啟了，大漢們一個接一個地走進去，他們的首領走在最後。首領剛剛進去，石門便關了起來。

那四十個大漢在石洞裡呆了好長時間，藏在大樹上的阿里巴巴不敢做聲。

那四十個大漢終於出來了。首先走出石洞的是他們的首領。首領看見三十九個同伴都出了石洞，才大聲喊道：“芝麻，關門！”話音未落，石門關閉。隨後，四十個大漢縱身上馬，首領一聲呼喊，相繼縱馬，下山而去，轉眼不見蹤影。

阿里巴巴這才敢從樹上下來，撥開灌木叢，走到那塊巨大岩石前面，好奇地學着那個首領的語調，喊了一聲：“芝麻，開門！”話音未落，只見那扇石門開啟了。

阿里巴巴本以為是一個山洞，想必又黑暗又潮濕，進門一看，才發現石洞高大、寬敞而且明亮，伸手摸不着洞頂。他仔細觀察，發現石洞上方有一道石縫，陽光從那裡射進來，照得整個石洞亮堂堂。阿里巴巴一進石洞，洞門便關上了。不過，他並不害怕，因為他自信掌握了開門的暗語。

阿里巴巴朝洞中打量，只見那裡堆放着許多糧食，還有成匹的絲綢、錦緞，另有許多華麗地毯及大袋大袋的金幣、珠寶，琳琅滿目，光芒四射。眼見這麼多的金銀財寶，阿里巴巴猜想那四十條大漢定是一幫盜賊，而眼前這些財寶，則是幾代盜賊搶劫、聚積起來的不義之財。面對這些財寶，阿里巴巴想到自己只需要錢，於是從山洞中搬出幾袋金幣，裝在籮筐裡，在上面蓋了些木柴。他把籮筐放在驢背上，喊了一聲："芝麻，關門！"石門應聲關上。原來這座石門是一座識暗語的門：人進入石洞時，要說暗語，它才開啟，進到洞後，它會自動關上；當人走出石洞時，要說暗語，它才開啟，出洞後，又要說過暗語，它才會關閉；不然它就總是開着。

阿里巴巴趕着毛驢回到家中，高高興興地喊來妻子，把三筐金幣擺在妻子面前。金幣光芒四射，照得人難以睜開眼睛。妻子看見這麼多金幣，又驚又喜，心想："這麼多的錢，我壓根兒都沒見過……該不是他偷來或搶來的吧？"

阿里巴巴看出妻子驚喜和恐惶，於是把自己看到的情況一五一十地告訴妻子。講完，再三叮囑妻子，千萬不要把事情說出去。妻子聽丈夫這樣一說，高興地數起錢來。

阿里巴巴說："這麼多金幣，你怎麼能數得過來呢？我們還是趕快想個辦法，把錢藏起來吧！我這就去挖個坑，把金幣埋起來，免得人家看見。"

妻子說："你說得對，是要趕快把金幣藏起來，免得人家看見。不過，我們總要知道有多少才好哇！我這就去借一個量器，量一量再藏吧！"

說完，妻子來到卡西姆家，卡西姆不在家，只有他妻子在家。阿里巴巴的妻子說："大嫂，我借你們一件東西用一用啊！"

卡西姆的妻子說："他嬸子，你就挑有用的借吧！"

"嫂子，我想借一口箱子和一個量杯。因為我買了一些麵，沒有地方盛，又想量量有多少。"

卡西姆的妻子一聽，心想："阿里巴巴，窮光蛋一個，沒有多少錢，能買多少麵？我一定要知道他們究竟要量些甚麼，然後就知道該怎麼辦了。"

想到這裡，卡西姆的妻子在量杯的底部抹了一點兒蜂蠟，肯定不會被發現了，就把一口箱子和那個量杯遞給阿里巴巴的妻子，並且說："他嬸子，你用完就還給我。"

阿里巴巴的妻子接過箱子和量杯，笑着說："大嫂，我用完就來還你。"阿里巴巴的妻子拿着箱子和量杯，趕快回到家中，夫妻二人忙了起來，先是把金幣量好，然後挖了一個坑，埋了起來。

埋好金幣，阿里巴巴的妻子忙拿起箱子和量杯，向卡西姆家走去，把箱子和量杯還給了富婆，但她沒有想到，量杯底下還黏着一枚金幣。

阿里巴巴的妻子剛剛離去，卡西姆的妻子就迫不及待地去抓量杯，往底上一看，發現蜂蠟上黏着一枚金幣，不禁大吃一驚，嫉妒之火隨即燃燒起來。她心想："這是怎麼回事？阿里巴巴這個窮光蛋怎麼一下子富了起來，金幣多得數不過來，要用杯子量呢？……”

卡西姆回到家中，妻子馬上迎上去，說：“喂，當家的，你不要以為自己的錢太多！你錯啦！阿里巴巴家裡的錢比你不知多多少倍！人家的錢數都數不過來，要用量杯來量了。”

聽妻子突然冒出這麼一句話，卡西姆一時不知道發生了甚麼事。於是問道：“究竟出了甚麼事啦？這話從何講起呢？”

妻子拿着量杯，指着杯底上黏着的那枚金幣，說：“你瞧瞧呀！”接着，她把阿里巴巴的妻子借箱子和量杯的事從頭到尾向丈夫講了一遍。卡西姆拿過那枚金幣，翻過來調過去看了又看，發現那是一枚古金幣，認不出是哪朝哪年鑄造的。

卡西姆聽說剛才發生的事情，瞧着那枚金幣，斷定弟弟果然有了錢，但他並不為弟弟感到高興，而是和他妻子一樣，嫉妒之火在心中燃燒。他一夜沒合眼，第二天天剛亮，便來到阿里巴巴家，一進門便喊：

“喂，阿里巴巴，你平時趕驢上山打柴裝窮，裝得倒很像，你家裡有的是金幣呢！”

“你能把話說得清楚些嗎？我一點也不明白你在說些甚麼。”阿里巴巴接過話說道。

“你妻子昨天去我家借量杯和箱子幹甚麼？怎麼量杯底下黏了這樣一枚古金幣？”卡西姆拿出那枚古金幣在弟弟面前晃了晃。阿里巴巴聽哥哥這樣一說，知道事情掩蓋不住了，內心裡只怪妻子太笨，那麼粗心大意，竟然把秘密泄露出去了。事情已經到了這個地步，埋怨又有甚麼用呢？阿里巴巴自想無計可施，只有老老實實把昨天看到的情況以及得到金幣的經過，一五一十地向卡西姆講了一遍，並當面表示，願把一部分金幣分給哥哥，但要他嚴加保密，千萬不要對外人講。

卡西姆聽後，得意地說："你瞧瞧，果然不出我所料。阿里巴巴，你要告訴我，那些金幣財寶究竟藏在甚麼地方，不然我定到官府去告你，到那時候，你不僅再弄不到金幣，就是已經到手的東西也保不住。我嘛，官府會因為告發有功，還可能賞給我一大筆錢呢。"

阿里巴巴生性忠厚善良，未必是怕哥哥告到官府，倒是願意讓哥哥得到些錢財，不僅把那山洞的地點說了個一清二楚，還把開門的暗語也告訴了他。

卡西姆貪財喪命

卡西姆真是貪財如命，第二天天還沒亮，他就起床了。一切準備妥當，他趕着十頭毛驢，馱着十口箱子，向山林進發了。他走了不多久，就來到了那塊坡地，看到了弟弟提到的那棵大樹和那塊巨大岩石。卡西姆走到巨石前面，大聲喊道："芝麻，開門！"石門應聲開啟。卡西姆見石門開了，立即走了進去，剛一跨進門，石門立即關上了。卡西姆走進門一看，不禁驚喜萬分，只見那裡堆滿了布匹、綢緞，金銀財寶不計其數，自覺比弟弟說的還要多。卡西姆眼見財寶，貪心倍增，真想永遠睡在洞裡，日夜伴着那些寶貝。之後，他就把大袋大袋的金幣往洞口搬。因為太興奮，竟然把開門的暗語忘了，心裡慌亂不已，胡亂喊道：“大麥，開門！”石門紋絲不動。卡西姆又喊道：

“高粱，開門！”

“豌豆，開門！”

“蘿蔔，開門！”

“花生，開門！”……

卡西姆幾乎把所有莊稼的名都喊遍了，唯獨想不起“芝麻”，石門始終一動不動。卡西姆慌了神，放下沉甸甸的錢袋，挖空心思回想開門的暗語，無論如何也想不起“芝麻”來。他走去使勁推石門，石門一動不動；這時候他已心亂如麻，不知所措，時而望望石洞的金銀財寶，時而望望緊閉的石門……

時近正午，盜匪們縱馬向石洞方向奔來。他們老遠便發現石洞門前有好幾頭毛驢，每頭毛驢馱着一口箱子，斷定有甚麼情況發生，於是快馬加鞭急趕過來。身在石洞中的卡西姆聽到馬蹄聲，知道有人來了，心裡更加慌亂。

盜匪的首領離鞍下馬，站在石門前，高聲喊道："芝麻，開門！"石門應聲開啟。卡西姆見石門打開，急忙向外衝去，與盜匪首領撞了個滿懷，頓時跌倒在地。一個盜匪一個箭步衝上去，不管三七二十一，手起劍落，卡西姆頓時倒在血泊之中。

盜匪們進洞一看，發現有幾袋金幣在門口堆着，立即將之搬回原地。他們還發現洞中的金幣已經少了一些，但並不在意，只是覺得奇怪，這個石洞周圍地勢險要，常人很難來到這個地方，誰又能得知這個開門的暗語，闖進洞裡來呢？

盜匪們思來想去，不知道開門的秘密是怎樣泄露出去的，一氣之下，將卡西姆的屍首截為四塊，石門的兩側各掛兩塊，以警告來洞中盜寶的人。

盜匪們一陣忙碌之後，走出石洞，盜首喊了一聲："芝麻，關門！"，石門應聲關上。他們獲悉一支商隊打附近經過，一個個翻身上馬，揚鞭策馬攔截商隊去了。

當天夜裡，卡西姆的妻子左等右等不見丈夫回來，心中很是不安。她跑到阿里巴巴家，對阿里巴巴說："兄弟，你哥哥到現在還沒回來，我真有些擔心哪！你哥哥去哪兒了，你是知道的，我真怕他會出甚麼事……"

阿里巴巴猜想卡西姆肯定遇到麻煩了，不然他不會這麼晚還不回來。但阿里巴巴顯得很鎮靜，安慰嫂子說："嫂嫂，或許哥哥怕別人看見他，有意繞道回城，會遲些時候才到家的。你耐心等一會兒吧！"

卡西姆的妻子回到家中，心急火燎地等着丈夫回來。可是，直等到深更半夜，仍不見人回來，禁不住低聲抽噎起來，暗暗自責道："都是我不好……我為甚麼把阿里巴巴的秘密泄露給他，使他財迷心竅，自找罪受呢？"卡西姆的妻子忐忑不安，如坐針氈，一夜沒有合眼。

第二天一大早，卡西姆的妻子來到阿里巴巴家，求弟弟去找他。阿里巴巴安慰嫂子一番，隨後趕着三頭毛驢，向山中走去。

阿里巴巴來到巨石前，見那裡有血跡，立即意識到凶多吉少。他走近石門，高聲喊道："芝麻，開門！"石門應聲開啟。他走進石洞，眼見哥哥的屍首被割成四塊，石門兩旁各掛兩塊，不禁驚恐萬分。他急忙收起卡西姆的碎屍，又搬了幾袋金幣，綁成兩個馱子，用柴禾掩飾好，唸了暗語，關上石洞門，趕着驢子下山了。

阿里巴巴把馱着金幣的毛驢趕回自己的家中，吩咐妻子把金幣藏起來，隻字未提卡西姆的情況。接着，他又把馱着哥哥卡西姆碎屍的毛驢趕到嫂子家。

走來開門的是卡西姆家的女奴，名叫麥爾加娜。麥爾加娜聰明伶俐，頗會辦事。阿里巴巴把籮筐卸下來之後，將麥爾加娜拉到一旁，小聲對她說："我有要事對你說，你千萬不要對外人講。"

麥爾加娜說："我會照你的話做的。"

"你家老爺的屍首就在這籮筐裡，我們一定要當他壽終正寢般來安葬他，我想你一定知道該怎麼辦。"

"你放心就是了。"

隨後，阿里巴巴走去見嫂子。嫂子一見他便問："他叔叔，你哥哥的情況怎樣？"

阿里巴巴把情況一五一十地講了一遍，並叮囑她說：“嫂子，千萬不要把事情的真相泄露出去！”

阿里巴巴說：“該發生的事情，一定要發生，事情已成這樣，我們只有好好保密，才能保住我們的財產。”

卡西姆的妻子聽說丈夫已死，淚流滿面地對阿里巴巴說：“生死由命，富貴在天，我記住了，一定好好保密。”

“安拉安排的事，人是無法改變的，讚美安拉，給了我一筆財產，夠我使用的了。待你守喪期滿，我便娶你為妻，會使你得到幸福的。我的妻子善良賢惠，不會嫉妒你，也不會和你過不去的。我們要好好安葬我的哥哥；當然，我也會為此事而盡力。”

卡西姆的妻子聽阿里巴巴這樣一說，心想阿里巴巴有了錢，說不定比自己的錢還多。再說，他發現了寶庫，日後不愁錢花，於是說道：“既然你覺得這樣好，就照你的意思辦吧！”說完，阿里巴巴離開那裡，去找麥爾加娜商量了安葬哥哥卡西姆的事情，然後才牽着毛驢回自己家去。

阿里巴巴走後，女奴麥爾加娜來到一家藥舖，說給一個神志不清的人買一劑藥，藥舖老闆問：“你家誰病了？”

麥爾加娜說：“我家主人卡西姆老爺病了。幾天以來，他吃不下飯，喝不下水，看上去很危險呀！”老闆給了她藥，她轉身回家去了。

第二天早上，麥爾加娜又來到藥舖買了一劑藥。老闆問她：“你家老爺的病情如何？”

麥爾加娜歎了口氣說：“不大好啊！恐怕這劑藥還沒吃下去，人就不在了。”

那天，鄰居們看見阿里巴巴和他的妻子不住地出入卡西

姆的家門，滿面愁容，忙了整整一天。麥爾加娜買藥回來時，卡西姆家傳出一陣悲痛的哭泣聲。麥爾加娜對人們說：“想不到，我家老爺連這劑藥都沒來得及服，他就歸真了。”

第三天清早，麥爾加娜戴上面紗，來到一家修鞋舖。找到老皮匠穆斯塔法，給了他一枚金幣，然後說：“老人家，跟我到我家去一趟吧！但要蒙上你的眼睛。”

老皮匠說：“我可不去幹那種見不得人的事情啊！”

麥爾加娜說：“我怎會讓你去幹那種事呢？那是安拉不允許的。”

說完，又往老皮匠手裡塞了一枚金幣，並說：“你只管放心，跟我去就是了。”

麥爾加娜拿出手帕，把老皮匠的雙眼蒙上，領着他來到了主人家。她把老皮匠帶到停屍房，那裡黑洞洞的。她給老皮匠解下手帕，説道："皮匠師傅，你把這具碎屍縫合起來！做完活，我再給你一枚金幣。"

老皮匠穆斯塔法按照麥爾加娜的叮囑，把碎屍縫合好，麥爾加娜給了他一枚金幣，然後用手帕把他的雙眼蒙上，把他送回修鞋舖去。麥爾加娜叮囑老皮匠不要把此事告訴別人，然後離開那裡；為怕人盯梢，她走了一段彎路之後，才放心回家。

回到主人家中，她與阿里巴巴一起，用熱水洗過卡西姆的屍首，放在乾淨的地方，做好埋葬前的一切準備，才去清真寺向伊瑪目報喪，請求他為死者誦經、祈禱。伊瑪目隨麥爾加娜來到家中，為死者祈禱、誦經之後，又請四個人抬着棺木，向墳塋走去。麥爾加娜走在隊伍的前面，只見她披頭散髮，捶胸頓足，失聲痛哭。走在最後面的是阿里巴巴，由一些鄰居陪伴着。他們一直把死者送到墳塋，埋葬完畢，才各自回家。

卡西姆的妻子一直留在家中，吊喪的人絡繹不絕，勸她節哀。由於阿里巴巴和麥爾加娜的巧妙安排，關於卡西姆喪命的真實情況，外人一無所知。四十天喪期過去了。阿里巴巴拿出四分之一的家產作為聘禮，娶嫂子為妻，因為這在當時當地是件普通不過之事，沒有引起任何人議論。

阿里巴巴有一個兒子，跟着一個大商人學做生意，頗得門道。卡西姆原來經營的那個店舖，由阿里巴巴的兒子重新開業經營。阿里巴巴向兒子許諾，如果他能把店舖經營好，日後一定給他娶個好媳婦。

盜匪三次進城

一天，盜匪們來到石洞前，發現碎屍不翼而飛，而且金幣也少了幾袋。盜匪首領說：“看來我們的秘密被人發現了。如不查出發現我們秘密的人，我們這些金銀財寶總有一天會丟光的。”盜匪們聽首領這麼一說，異口同聲說一定要把那個得知開門暗語的人抓來殺掉。

首領又說：“要想查出那個人，最好的辦法是派一個人進城去探聽消息，弄明情況後，再派人去抓他。不過，我有話說在前頭：誰能完成這項任務，定有重賞；若完成不了，那就只有提着自己的腦袋來見我。”

話音未落，一個盜匪站起來，說：“我去完成這項任務！若完不成任務，甘願聽候首領發落，就是豁出性命，也是很光榮的。”

首領說：“你真棒！”

那盜匪經過一番精心化裝，當天夜裡就潛入城中。第二天天剛亮，盜匪便來到大街上。他發現只有一家修鞋舖子開着門。盜匪走進舖子，說：“老人家，你好哇！天這麼黑，你就開始做活，能看得見嗎？”

皮匠穆斯塔法說：“你是外鄉人吧！別看我這麼大年紀，眼神好着呢！前些天我還在一間黑洞洞的屋子裡，給人家縫合了一具碎屍呢！”

盜匪一聽，覺得自己的任務完成有望，故意不相信地說：“老人家，你真會開玩笑，你該是在黑屋子裡為死人縫了一身殮衣吧？”

“不是殮衣，而是碎屍。這件事與你無關，我用不着細說了。”

“老人家，我不想打聽甚麼秘密。不過，我有些不大相信，天下竟有這樣的新鮮事。這樣的事兒出在哪家呀？”

說着，盜匪掏出一枚金幣，塞在了老皮匠的手裡，然後問道：“你前些天給誰家做了這樣一件新鮮活兒呀？”

老皮匠把情況向盜匪講了一遍，盜匪說：“你能帶我到那裡去一趟嗎，或者能把那個地方告訴我嗎？”

老皮匠說：“不過，當時我的眼睛被蒙着，有人領着我去的。”

盜匪說：“就是蒙着眼睛，想必走了多少路，你是會記得的。這樣吧，我把你的眼睛蒙上，我跟着你一道走，說不定會走到那家門前。”說着，盜匪又往皮匠手裡塞了一枚金幣。

兩枚金幣拿在手，老皮匠真動心了。他說：“走了多少路，我倒記得。既然你來求我，我就試一試吧！”

穆斯塔法把兩枚金幣裝在口袋裡，隨後離開舖子，帶着盜匪來到麥爾加娜給他蒙眼睛的地方，讓盜匪用手帕把他的眼睛蒙住。老皮匠邊走邊數着步子，對盜匪說：“那個女僕帶我來的地方就在這裡。”

這時，老皮匠和盜匪站的地方就是卡西姆的宅門前，如今換了主人，住在這裡的是卡西姆的弟弟阿里巴巴。盜匪知道那是老皮匠縫碎屍的地方，斷定曉得開啟石門秘密的人就住在這裡，於是掏出白粉筆在門上畫了個記號。之後，盜匪解下蒙在老皮匠眼睛上的手帕，說道：“老人家，你幫了我的大忙，偉大的安拉會嘉獎你的善行的。請告訴我，誰住在這裡呀？”

老皮匠説："説實話，我不知道。因為我很少到這裡來，不熟悉這裡的情況。"

於是盜匪為自己完成了任務而感到高興，再三謝過老皮匠，打發他回去，自己也急匆匆趕回山洞報告去了。

盜匪和老皮匠離去不久，麥爾加娜有事外出，剛跨出大門，無意中看見門上有白粉筆畫的記號，立即想到有人盯上了主人的家門，不禁暗自一驚。她思考片刻，走去拿來白粉筆，在好幾家鄰居的門上全都畫上了同樣的記號，卻沒有在男女主人面前提起這件事。

盜匪回到山洞中，向首領報告了情況。首領聽後，決定立即帶人下山去抓那個偷碎屍和金幣的人。幾個盜匪化好裝，趕到那個探匪作過記號的地方，發現好些家門上都有用白粉筆畫的記號，而且一模一樣，連那個探匪也認不出那個記號是自己畫的。首領問："幾家門上都有記號，究竟哪家才是呀？"

那個探匪説："我只在一家門上畫了記號，怎麼現在這麼多家門上都有呢？我實在認不出哪個記號是我畫的。"眾盜匪只得返回，不敢貿然闖入任何一家。

盜匪們回到山洞，首領説："我們白白跑了一趟，險些暴露了身份。我已有言在先，沒完成任務的，只能提着腦袋來見我。"説完，首領命手下人將那個進城探聽情況的盜匪拉出洞外殺掉了。

首領接着對眾盜匪説："為了保住我們的金銀財寶，我們必須把那個知曉開門暗語的人抓到。誰願意去完成這個任務？"

一個盜匪站起來，對首領説道："我願意去！我相信我一定能完成這個任務！”

首領立即同意派他去，又強調說完成任務有重賞；否則只有提着腦袋來見他。

第二個盜匪滿懷立功受賞的希望，當夜進到城中。他採用同樣的辦法，買通了老皮匠，輕易地找到了卡西姆的住宅，在常人不大留意的門柱上，用紅粉筆畫了個記號，之後迅速返回山洞，得意洋洋地向首領報告說：“我已準確地找到了那家人的住宅，在人們不留意的地方畫上了紅記號，一眼就能認得出來。”

那個盜匪剛離去不久，麥爾加娜出門時，仔細觀察自家大門，發現門柱上有紅粉筆畫的記號，立即感到事態嚴重，於是走去拿了一支紅粉筆，在家家的門柱上畫了同樣的記號，與上次一樣，沒有對主人講過此事。

第二個探匪回山洞報告了情況，首領決定馬上進城。盜匪們進到城中，來到第二個探匪偵察到的地方，卻發現家家戶戶的門柱上都畫着紅粉筆的記號，無法下手，只有返回山洞。

首領像上次一樣，命手下人將那個進城探聽情況的盜匪拉出洞外殺掉了。

兩次打探活動失敗，盜匪首領心想：“兩個探子，連續失敗，先後喪命，看來沒有人敢去了。我必須親自下山，才能探聽清楚。”盜匪首領下定決心，隨即策馬進城。

他找到那個老皮匠，塞給他許多枚金幣，老皮匠領着盜匪首領找到了縫碎屍的那家門口。盜匪首領知道畫記號是沒有用的，只是仔細觀察了那家住宅周圍的環境，牢記在心中，然後快馬返回山林。

女奴油炸衆盜匪

盜匪首領趕回山洞，對衆盜匪説："我已把地點偵察清楚，這下就可以抓到盜竊我們財寶的人了。"接着，首領把下山的計劃和安排向盜匪們講了一遍，衆盜匪立即分頭行動。他們從周圍村莊買來十九頭毛驢和三十八口大罈子，其中一口罈子裡裝滿油，另外的三十七口罈子，每口裡藏一個盜匪，每頭驢子馱兩口罈子。一切準備就緒，盜匪首領化裝成商人模樣，帶着隊伍下山。

盜匪首領帶着驢隊進到城裡，天色正好暗下來。驢隊穿小巷過大街，來到了阿里巴巴住宅門前。那時阿里巴巴剛剛吃過晚飯，正在門外散步。盜匪首領走過去，問好之後，説：

"我是販油的商人。我打外地販來幾罈子油，準備明天去市場上賣。今天天色已晚，想在你府上借宿一夜，餵一餵牲口，明天一早好上市場，老鄉能給個方便嗎？"

阿里巴巴雖然不久前在大樹上看見過那個盜匪首領，但現在他已完全認不出來了。他聽説來人想借宿一夜，沒有多加考慮便馬上説："沒有甚麼不方便的，歡迎，歡迎！"説完，阿里巴巴領着"商人"及其驢隊進了自己的宅院，並且吩咐家僕：

"喂，麥爾加娜，來客人啦！趕快給客人準備飯菜，安排客房！"

盜匪首領卸下馱子，擺放整齊，給驢子餵上草料，然後吃飯去了。盜匪首領吃完飯，阿里巴巴又叮囑麥爾加娜：

"好好招待客人，不要怠慢他們！明天一早，我要去澡堂沐浴，給我準備一套乾淨衣服，讓家僕阿卜杜拉給我送來。此外，還要熬鍋肉湯，預備我回來後吃。”

麥爾加娜說：“老爺，我都記住了。”阿里巴巴隨即回臥房休息去了。

匪首吃過飯，又去看了看他的牲口和“油”罈子。他見主人已睡，便走到那些罈子跟前，悄聲對藏在罈子裡的盜匪們說：“夜半時分，我以擲石子為號，你們立即出來，聽我指揮！”

匪首離開牲口圈，在麥爾加娜引領下，穿過廚房，走到為他安排好的客房，麥爾加娜說：“還需要甚麼東西嗎？”

匪首說：“謝謝！不需要甚麼啦！”麥爾加娜離去，匪首便上床休息。

麥爾加娜為主人取出一套乾淨衣服，交給男僕阿卜杜拉，然後開始給主人熬肉湯。

過了一個時辰，麥爾加娜發現油燈不亮了，一看才知道燈裡的油點盡了。她正發愁沒有燈油的時候，阿卜杜拉進來，說：“後面不是放着幾十罈子油嗎？”麥爾加娜手裡拿着罐子，來到油罈子前，

忽聽罈子裡傳出人的低聲問話："到時候了嗎？"麥爾加娜一驚，慌忙後退了一步，急中生智，隨機應變，悄聲説："還不到時候。"

麥爾加娜心想："原來這罈子裡不是油，藏的是人……肯定不是甚麼好人，那商人也不是甚麼好商人，一定有陰謀。"她急忙走到每個罈子跟前，小聲説了"還不到時候"。她聯想到幾天以來門口出現的白、紅兩色粉筆記號，心想："我們主人的秘密定是被匪徒發現了，他們要來報復……"

麥爾加娜走到最後一個罈子前，發現裡面裝的是油，於是弄了一滿罐子油，回到廚房，架在火上將油燒開。之後她把滾燙的油裝在罐子裡，走去給每個罈子裡澆進一瓢沸油，盜匪一一被燙死，無一倖免。

麥爾加娜悄悄用滾油燙死了眾盜匪，然後不聲不響地回到廚房，撥小燈頭，繼續為主人熬肉湯。

一個時辰不到，盜匪首領推開窗子，向油罈子投了一顆石子，卻不見動靜。片刻後，他又投了一顆石子，仍不見有反應。接着，他投出第三顆石子，依舊靜寂無聲。他心想："也許他們睡着了……"於是急忙走上前去。

匪首走到罈子跟前，一股油腥味撲鼻而來。他朝罈子裡摸去，發現夥伴們都已被熱油燙死。他再去看那裝油的罈子，發現裡面的油沒有了。他立即意識到自己的陰謀已經敗露，如果不馬上逃離，恐怕自身難保，於是急匆匆衝入花園，翻牆而過，狼狽逃命去了。

麥爾加娜聽到了投石子的聲音，而且看見盜匪首領走出了房間，卻久久不見他回來，斷定他跳牆逃跑了。這時她的心才安靜下來，上床休息了。

第二天一早，阿里巴巴在男僕阿卜杜拉的陪伴下，前往澡堂沐浴，對昨晚發生的事情一無所知。

阿里巴巴洗澡回來，太陽已經升起。他看見驢子和油罈子都在原地，覺得很奇怪，心想："商人為甚麼不趕早收拾東西到市場上去呢？"

於是他走去問女奴麥爾加娜："喂，麥爾加娜，客人為甚麼不帶着自己的貨物到集市上去呢？"

麥爾加娜說："老爺，願安拉為你延年添壽，讓你活一百三十歲！老爺，你到後面去看看那個商人的貨吧！"

麥爾加娜領着主人來到一個罈子前，說："老爺，你看看這罈子裡裝的是甚麼東西吧！"

阿里巴巴走近仔細一看，見裡面藏的是一個男子，嚇得轉身就跑。

麥爾加娜說："老爺，不要害怕！那裡面都是死人。"

"我們的大禍剛剛過去，怎麼又有人來暗算我們呢？"

"老爺，過一會兒，讓我給您慢慢講。老爺先看看這些大罈子裡裝的都是些甚麼東西吧！”

阿里巴巴走去一看，發現每個罈子裡都是一個全副武裝的傢伙，但都已被沸油燙得面目全非。阿里巴巴看過，不禁目瞪口呆。過了一會兒，他才問：“那個油商到哪裡去了？”

麥爾加娜把阿里巴巴領進屋子，讓他坐下，然後說：“老爺，看來那個人並不是甚麼販油的商人，而是一個壞蛋。”

阿里巴巴說：“何以見得呢？”

“老爺，過一會兒，我再給您細細講。肉湯已經燉好，我這就去端來，請老爺先用一點兒吧！”

麥爾加娜端來肉湯，阿里巴巴喝了一碗，然後說：“麥爾加娜，究竟發生了甚麼事情，給我從頭到尾仔細講一遍吧！”

於是，麥爾加娜把昨晚發生的事，從煮肉湯、點燈找油起，到發現匪徒，用油燙死匪徒，以及那個匪首逃跑等等，一五一十詳細敘述了一遍。

“是這樣……”阿里巴巴驚魂未定地說。

麥爾加娜又說：“前些日子，還發生過一件事，我當時未敢驚動老爺。”

“甚麼事呢？”阿里巴巴問。

“我連續兩次發現門上有用白、紅粉筆畫的記號。當時我就想，八成是我們家的門被壞人盯上了，他們用畫記號的辦法認我們的家門。所以，我也學着他們的辦法，把鄰居家的門上都畫上了一模一樣的記號，他們就認不出來了。老爺說看見了四十個盜匪，恐怕這幫傢伙就是那些壞蛋。他們已死了三十七個，還有三個人活着，定會來報復的，老爺必須提防才是。”

阿里巴巴聽麥爾加娜這樣一說，覺得她的猜想有道理，打內心感激不盡。他說：“麥爾加娜，好機警、聰明的姑娘！我該怎樣感謝你呢？”

“我是您的女奴，理當為老爺效力。依奴之見，快把那些死屍埋掉吧，免得秘密泄露出去。”

阿里巴巴喚來男僕阿卜杜拉，命他在花園的樹旁挖個大坑，把屍體全部埋了起來。之後，又讓阿卜杜拉把驢子牽到集市上，分批賣掉。

阿里巴巴相信麥爾加娜的猜測，認為尚有三個盜匪活着，因此時刻保持警惕，以防不測。

盜匪首領喪命

盜匪首領隻身一人逃回山林，想到四十個人就只剩下自己，自覺好不淒涼。他簡直再不敢進石洞看他們搶劫的那些金銀財寶。

那匪首終於冷靜下來，心想：“我一定要報這個仇，不然這石洞中的寶物也保不住，總有一天會讓那個阿里巴巴拿光的。”於是，他又想出了一個計謀。

幾天之後，他更名改姓，化名哈桑，在城裡開了一家綢布店，與阿里巴巴的兒子經營的那家店舖正好相對。

哈桑運來大批綢緞，舖面顯得頗為像樣，與各家老闆來往很多，待人接物亦很慷慨大方，很快和大家混得很熟。他得知對面那家店舖的小老闆是阿里巴巴的兒子，便對他格外熱情起來，不時地請他來店坐上一坐，常常送點兒小禮物，一塊兒吃飯聊天。

阿里巴巴的兒子覺得綢布店老闆哈桑對自己很好，便對父親說了，並求父親置備酒席，請綢布店老闆來家裡做客。阿里巴巴一口答應。第二天，阿里巴巴的兒子請哈桑來他家吃飯。

說來也怪，當哈桑跟着阿里巴巴的兒子，來到阿里巴巴的家門口時，直覺報仇的機會終於來了，但卻又身不由己地不想進門。這時，阿里巴巴走了出來，向哈桑問好，並且說：

“尊貴的客人，你對我的兒子那麼好，使我感激不盡。既然來到家門口，怎麼不進來坐一坐，讓我們款待貴客一番呢！”

哈桑不好推辭，只好說：“你的兒子很懂事，言談舉止非同一般人，而且很會做生意，前途無量，我很喜歡他。不過，我今天不便久坐，日後再來拜訪吧！”

阿里巴巴說：“尊貴的客人，我有意招待你，您怎好不賞光呢？”

“主人先生，您有所不知，我因身體欠佳，不能吃放鹽的飯菜(阿拉伯風俗，到人家做客，如果和主人家一起吃了鹽，就不能做有害對方的事），故不便在貴府做客。”

“不吃鹽，這事好辦。現在廚娘正在準備飯菜，我告訴她不加鹽也就是了。”

這個偽裝為綢布商的盜匪首領見報仇的時機已到，也就同意進門做客了。賓主坐下，阿里巴巴走去吩咐正在準備飯菜的麥爾加娜，說道：

“喂，麥爾加娜，今天的客人不吃鹽，菜裡千萬不要放鹽。”

麥爾加娜一聽，便知道不吃鹽的意思，心中一驚，忙問：“不吃鹽？這位客人是誰？”

“管他是誰！你聽我的吩咐就是了！”

“遵命！我一定照辦！”

麥爾加娜備好飯菜，男僕阿卜杜拉走去擺好座位。麥爾加娜端菜上飯時，一眼認出今天那位不吃鹽的“客人”正是那個尋機報復的盜匪頭子，不禁心中一驚。她稍稍留心一看，發現他外袍裡藏着一把短刀，心想：“好一個不吃鹽的傢伙，來者不善啊！……我今天決不能放過他！”

阿里巴巴陪哈桑吃罷飯，洗過手，麥爾加娜和阿卜杜拉收拾好碗碟，又端上酒杯、酒壺和水果、甜點。一切擺置停當，麥爾加娜和阿卜杜拉一起退下。

盜匪頭子哈桑眼見面前只剩下阿里巴巴和他的兒子，心想：“機會來了……殺死這兩個人，我就可以像上次那樣跳牆逃走……不過，要等到那兩個僕人都去休息後再動手為妙……”他不時摸摸袍下的那把短刀。

麥爾加娜暗中盯着那匪首的舉止，心想：“這一次絕不能讓這個強盜頭子逃掉！”想到這裡，她脫去外衣，換上一件舞裙，頭上纏起一塊色彩鮮艷的頭巾，戴上面紗，腰間束上一條綢帶，別上一把手柄上鑲嵌着珍珠寶石的匕首。之後，她讓阿卜杜拉拿着鈴鼓，二人來到客廳，說：

“老爺，尊貴的客人，讓我跳個舞，為你們開懷暢飲助興吧！”

阿里巴巴說：“尊貴的客人，這是我家的女奴和男僕，

請勿見笑。”

麥爾加娜得到主人的同意，阿卜杜拉敲起鈴鼓，麥爾加娜且歌且舞。

哈桑眼見這個舞女在自己的面前轉來轉去，不停地舞蹈，不住地歌唱，心想：“這豈不是白白斷送了我動手報仇的良機……”

麥爾加娜的舞興特別濃，舞姿顯得格外優美，動作瀟灑自如，時而拔出腰間的匕首顯示出自己的姿容，時而又像要把匕首插向自己的胸膛，令人眼花繚亂，猜測不出舞姿的含義。

一陣急促的鈴鼓聲過後，麥爾加娜的舞蹈結束了。她氣喘吁吁地從阿卜杜拉手裡接過鈴鼓，一手拿着匕首，一手端着鈴鼓就像賣藝人向觀眾討錢那樣，走過賓主面前。阿里巴巴首先向鈴鼓中投了一枚金幣，之後他的兒子也向鈴鼓裡扔了一枚金幣。匪首正要往鈴鼓裡擱金幣時，麥爾加娜手疾眼快，舉起匕首一下刺入了他的胸膛，只見鮮血直流，這位"客人"登時一命嗚呼。

阿里巴巴及其兒子眼見客人死去，不禁大驚失色。過了好大一會兒，阿里巴巴才說："麥爾加娜，你這個該死的丫頭！你闖下大禍啦！你毀了我，也毀了我一家呀！"

麥爾加娜說："老爺，不是的，我救了您，也救了您一家。您掀開他的袍子看一看，他身上帶的是甚麼！"

阿里巴巴走去一掀客人的袍子，見他懷裡揣着一把匕首，這才恍然大悟。

麥爾加娜說："老爺，您今天招待的不是甚麼貴客，也不是綢緞商，而是前兩天來過的那個油販子，就是那四十個盜匪的頭子。他說不吃鹽，意思是說不到您家做客，要到貴府尋機報仇。"

阿里巴巴終於想起自己在山中第一次看見盜匪的情景，又想到卡西姆的碎屍，不禁出了一身冷汗。他說："麥爾加娜，好姑娘，你兩次救了我的生命，我應該報答你的救命之恩哪！"

阿里巴巴思考片刻，然後說："麥爾加娜，我的好姑娘，我現在宣佈釋你為自由人，不再是我的女奴了。你忠誠、老實、勇敢，我要把你許配給我的兒子，願你倆成為恩愛夫妻。"阿里巴巴轉過臉去，對兒子說："孩子，麥爾加娜是個聰明、善良、勇敢的姑娘。她膽大心細，兩次救了我的性命，功勞非同尋常。我今天才認清了這個假綢緞商、真盜匪頭領的面目。正是麥爾加娜姑娘救了我們一家人。你就與她結為夫妻吧！"兒子欣然同意父親的安排。

之後，他們一起動手，把盜匪頭領的屍體埋在花園的樹下。他們對此事一直嚴格保密，沒有向外人透露任何消息。

尾聲

過了幾天，阿里巴巴請來法官和證人，為兒子和麥爾加娜寫了婚書。一切準備就緒，便擇定吉日良辰，為兒子舉行隆重的結婚典禮，擺筵席，請賓客，張燈結綵，鼓樂齊鳴，熱鬧非常。

四十名盜匪，只死去三十八個，還有兩個下落不明。因此阿里巴巴整整一年時間都沒有到山裡去，惟恐發生不測。

一年過去，那兩名盜匪都不曾露面，因此阿里巴巴認定他倆已經死去，這才來到石洞前，大聲喊道："芝麻，開門！"

話音未落，石門大開。阿里巴巴走進山洞，見那裡的東西不曾有人動過，感到很放心。這時，阿里巴巴才相信自己是世上唯一掌握寶庫秘密的人，慶幸自己運氣好，由一個賣柴為生的窮苦人，一下子變成富翁。阿里巴巴帶着幾袋子金幣回家去了。後來，阿里巴巴把石門的秘密告訴了兒子，兒子又告訴了孫子，子子孫孫都過着富裕的生活。

阿里巴巴的子孫都很珍惜他們的好運氣，從不驕奢淫逸，所以代代興旺，為後世人傳誦。

小專題

阿拉伯

在新聞裡，時常可以看到或聽到“阿拉伯”“沙地阿拉伯”“阿拉伯聯合酋長國”。到底哪裡是阿拉伯？有多少個阿拉伯？

“阿拉伯”指的是阿拉伯半島，沙地阿拉伯和阿拉伯聯合酋長國都在阿拉伯半島上，半島上還有好幾個不叫做阿拉伯的國家，像也門、科威特、卡塔爾等等。沙地阿拉伯是阿拉伯半島上面積最大的國家。

阿拉伯在世界歷史上很有名，除了伊斯蘭教在阿拉伯半島創立之外，信仰伊斯蘭教的阿拉伯帝國也曾經顯赫一時，和中國的唐朝既有密切來往，也打過一次大仗。唐朝歷史上有個叫做“大食”的國家，就是阿拉伯。不要以為阿拉伯人食量很大，“大食”這名稱的來源有很多講法，但都和食量無關，大食國還分為黑衣大食和白衣大食呢。阿拉伯帝國最強盛時，曾經打敗很多國家，國土橫跨亞、歐和非三洲，使伊斯蘭教傳播到很多地方。

除了上面講的這些阿拉伯之外，還有一個和阿拉伯有關的詞你一定知道，那就是阿拉伯數字，即是 0123456789 。這些對數學十分重要的字，其實是印度人使用的，由印度傳到阿拉伯，再傳到歐洲，所以歐洲人叫它阿拉伯數字。類似的由阿拉伯人傳播到歐洲的發明，還有很多，例如中國的造紙術就是由阿拉伯人傳到歐洲的。唐朝大將高仙芝和阿拉伯打了一仗，結果打敗了，而唐朝軍隊裡有造紙工匠，造紙術於是傳到阿拉伯。

從《一千零一夜》故事裡的漁夫、阿里巴巴、麥爾加娜和薩桑國王等人身上，不難看出，阿拉伯人淳樸善良。他們的熱情好客更是有口皆碑，如果你同一個阿拉伯人交往後，他定會請你去他家吃飯，正如阿里巴巴一樣。殺牛宰羊，擺出最富傳統風味的烤全羊、清蒸牛肉、烤大餅、羊油炒米飯等佳餚招待你。飯後，還會請你喝奶茶、薑湯、紅茶或咖啡。你可能還未知道，阿拉伯是世界上最早喝咖啡的地方。

趣味重溫（2）

一、你明白嗎

1. 當阿里巴巴把三筐金幣擺在妻子面前時，妻子的神色是＿＿＿＿＿和＿＿＿＿＿，暗自揣測這些錢是阿里巴巴＿＿＿＿＿或＿＿＿＿＿的。而阿里巴巴的親哥哥卡西姆得知弟弟有錢後，他和他妻子一樣感到＿＿＿＿＿＿＿＿＿＿。

2. 當卡西姆斷定弟弟果真有錢後，他一夜沒合眼，第二天天剛亮便來到弟弟家，做了以下事情：
   a. 恭賀弟弟
   b. 詢問弟弟家借量杯幹甚麼
   c. 吵鬧着要分錢
   d. 追問寶庫所在地點
   e. 恐嚇弟弟：如果不告知強盜寶庫所在地就報官。

3. 卡西姆的死因是：
   a. 面對大量金銀財寶，興奮過度，突發腦溢血而亡。
   b. 把大袋大袋的金幣往洞門口搬，累得吐血而死。
   c. 太貪心、太興奮，忘記了開門的暗語，被困在洞中餓死。
   d. 忘記了開門的暗語，困在洞中，被盜匪們殺死。

4. 老皮匠是故事中的關鍵人物, 誰都把錢往他懷裡塞, 希望得到他幫忙或套取情報。你知道老皮匠總共收了多少個金幣？
   a. 3　　b. 7　　c.9　　d. 許多

5. 麥爾加娜曾經叮囑老皮匠不要把碎屍的事告訴別人，他為何還要告訴強盜？
   a. 嘴巴不嚴，無意間泄露了。

b. 喜歡炫耀，自我吹噓。

c. 被盜匪用金幣收買，見利忘義。

d. 想透露自己知道情報，賺取報酬。

6. 判斷正誤，正確的劃“√”，錯誤的劃“X”。

☐ a 卡西姆之妻一覺睡到大天亮，才發現丈夫還沒有回來。

☐ b 阿里巴巴冒死前往盜匪寶庫，運回了哥哥的碎屍。

☐ c 三十天喪期滿後，阿里巴巴娶了嫂子為妻。

☐ d 盜匪三次都通過老裁縫，找到了盜竊他們寶庫財寶的人家。

☐ e 麥爾加娜遵照主人的吩咐，給販油商人送去一鍋肉湯。

☐ f 匪首與部下約定，夜半時分，以吹口哨為號。

☐ g 阿里巴巴和麥爾加娜把盜匪的屍體埋在花園的樹旁。

☐ h 為給主人和客人助興，麥爾加娜手持鈴鼓，頭帶面紗盛裝獻舞。

☐ i 匪首也沒有逃脫覆滅的命運，命喪阿里巴巴兒子之手。

7. 女奴麥爾加娜為了掩飾主人卡西姆的暴亡，做了以下事情，試按故事重新排序。＿＿＿＿＿＿＿＿＿＿

a. 去清真寺向伊瑪報喪，請求誦經祈禱。 b. 為防人盯梢，繞彎路回主人家。 c. 把皮匠蒙眼送回修鞋鋪，並叮囑皮匠保密。 d. 領頭發喪。 e. 再次去藥店買藥，公佈卡西姆病危的消息。 f.用熱水洗淨卡西姆的屍體，放在乾淨的地方。 g. 去藥店買藥，公佈卡西姆生病的消息。 h. 賄賂皮匠，蒙着他的眼睛，帶他前往主人家停屍房縫合碎屍。

二、想深一層

1. 故事中對阿里巴巴的嫂子和妻子描述不多，但兩人性格差異卻躍然紙上，試把以下人物性格特點和人物的言行舉止連線搭配。

人物性格特點	人物的言行舉止
阿里巴巴的妻子	
説話算數 ●	● 看見這麼多金幣，又驚又喜，心想：“這麼多的錢，我壓根兒都沒見過……該不是他偷來或搶來的吧？”
細心周到 ●	● “你説得對，是要趕快把金幣藏起來，免得人家看見。不過，我們總要知道有多少才好哇！我這就去借一個量器，量一量再藏吧！”
膽小怕事 ●	● 埋好金幣，阿里巴巴的妻子忙拿起箱子和量杯，向卡西姆家走去，把箱子和量杯還給了富婆。
卡西姆的妻子	
世故圓滑 ●	● 心想：“阿里巴巴，窮光蛋一個，沒有多少錢，能買多少麵？我一定要知道他們究竟要量些甚麼，然後就知道該怎麼辦了。”
妒嫉心重 ●	● 想到這裡，卡西姆的妻子在量杯的底部抹了一點兒蜂蠟，肯定不會被發現了。就把一口箱子和那個量杯遞給阿里巴巴的妻子，並且説：他嬸子，你用完就還給我。”
心胸狹隘 ●	● 喂，當家的，你不要以為自己的錢太多！你錯啦！阿巴巴家裡的錢比你不知多多少倍！人家的錢數都數不過來，要用量杯來量了。”
狡猾，攻於心計 ●	● 她心想：“這是怎麼回事？阿里巴巴這個窮光蛋怎麼一下子富了起來，金幣多得數不過來，要用杯子量呢？……”
好奇心強，喜打探隱私 ●	● 心想阿里巴巴有了錢，説不定比自己的錢還多。再説，他發現了寶庫，日後不愁錢花，於是説道：“既然你覺得這樣好，就照你的意思辦吧！”

2. 〈阿里巴巴與四十大盜〉故事中充滿具有想像力的情節，試在真實情節前的方框內打“√”，在虛幻情節前的方框內打“ X ”。

☐ a. 阿里巴巴喊一聲“芝麻，開門”，強盜寶庫的那扇石門應聲而開。

☐ b. 已有妻子的阿里巴巴在哥哥死後，娶了他的嫂子，並繼承了哥哥的家產。

☐ c. 老皮匠在黑洞洞的停屍房裡縫好了卡西姆的碎屍。

☐ d. 女奴麥爾加娜用一滿罐子熱油就燙死了三十七個盜匪。

☐ e. 皮匠被蒙着眼，能認出阿里巴巴的家門。

3. 女奴麥爾加娜為了掩蓋原主人卡西姆被盜匪殺死的真相，去藥店買藥欺騙街坊鄰居，又殺死了匪首和他的三十七個部下，而忠厚善良的阿里巴巴為何還要讓自己的兒子娶她為妻？

a. 為報答麥爾加娜的救命之恩。

b. 害怕另二個盜匪報復，讓她做兒媳婦便於麥爾加娜長期保護自己。

c. 麥爾加娜聰明、勇敢、忠誠、細心、多才多藝，不失為一個好兒媳。

d. 麥爾加娜知道他們家太多秘密，害怕她告訴外人，更怕她謀財害命。

4. 試從故事中找尋，在下列標有⟷ 的詞語旁填寫反義詞；在標有—— 的詞語旁填寫近義詞。

邪惡⟷　　　　富裕⟷　　　　完好無損⟷

老實——　　　　大方——　　　　心神不定——

三、延伸思考

1. 《阿里巴巴與四十大盜》中，匪首被殺，三十七個盜匪被燙死。剩下的兩個盜匪哪裡去了？試想像一場他們和阿里巴巴一家的較量。

2. 《阿里巴巴與四十大盜》中提到，在阿拉伯風俗中，到別人家做客，如果和主人家一起吃了鹽，就不能做有害對方的事。試到互聯網或圖書館查資料，看看阿拉伯民族還有哪些獨特的風俗習慣？

飛馬的故事

神奇的烏木馬

相傳古代有位國王，膝下三女一男，個個容貌俊秀，人人如花似玉。

有一天，國王正端坐在宮中寶椅上，忽見三位方士走了進來，一個手裡拿着金孔雀，一個手裡拿着銅喇叭，那第三個手裡托着一個用象牙和烏木雕成的馬。

國王問："你們手裡拿的這些東西有甚麼用啊？"

金孔雀的主人說："國王陛下，這隻金孔雀能報時，不管白天黑夜，每過一個時辰，它就拍翅、鳴叫一次。"

銅喇叭的主人說："國王陛下，若把這銅喇叭安在城門上，每逢敵人來犯，它便發出號角，喚醒守軍抗敵。"

飛馬的主人說："國王陛下，臣子手中這匹象牙烏木馬是一匹能飛的寶馬，人騎上它，可以馳騁天下。"

國王聽後，說：“你們要當面試驗一下，我親眼看看，才能相信。”

先後試驗了金孔雀和銅喇叭，果然像它們的主人描述的那樣。國王問二位主人：“你們想要甚麼，就直說吧！”

“我們希望國王陛下將公主許配給我倆。”國王欣然允諾，遂將大公主、二公主分別許配給金孔雀和銅喇叭的主人。

隨後，象牙烏木馬的主人走上前去，對國王說：“國王陛下，請把三公主許配給我吧！”

國王說：“你的象牙烏木馬能飛，那就試驗一下你的飛馬吧！假如你的這匹馬果然像你說的那樣能飛，你自然會如願以償。”

這時，王子走上前來，對國王說：“父王大人，請讓我騎騎這匹飛馬吧！”

國王點頭表示同意。王子隨即躍上馬背，雙腳頻頻踢打馬腹，但那匹馬卻一動不動。王子問：“喂，方士先生，你這匹馬怎麼一動不動呀？”

象牙烏木馬的主人走到王子面前，指着馬脖子上一個雞冠形鈕說：“殿下，請旋動這個按鈕。”

王子依言旋動按鈕，飛馬果然騰空而起，直衝藍天，頃刻之間，地面消失在視野之中。王子一時心驚肉跳，如墜五里雲霧，後悔自己貿然騎上這匹飛馬。

王子仔細觀察，發現飛馬除脖子上有一個按鈕外，左右肩膀上還各有一個雞冠按鈕。於是他伸手旋動右肩上那個按鈕，結果那馬飛得更高更快，王子心中更加害怕，他馬上放開了那個按鈕。隨後，王子旋動左肩上的雞冠鈕，飛馬這才放慢速度，漸次下降。這一升一降，王子知道飛馬功能非同一般，滿心歡喜。

由於剛開始馬兒飛得太快太遠，必須經過很長時間才能降落到地面，因此他趁馬兒下降時，撥動那三個雞冠鈕，自由駕馭。飛了好一陣才接近地面，卻發現那裡並不是起飛的地點，而是一個陌生的城郭，一個他從未到過的國家。

王子凝神細看，那座城市的建築極為精美，林木繁茂，河渠縱橫，街巷交叉，一片美景。王子心想："我要下去看看，這究竟是一座甚麼城市！"王子駕馬繞城飛行一圈，仔細觀察周圍環境。

眼見紅日西沉，王子心想："看來在這座城市過夜是再好不過，天亮之後再起程返回，向父王報告我所看到的一切。"王子開始尋覓安全過夜的地方。

忽然一座巍峨宮殿出現在視野中，只見宮殿四周有高大的圍牆，並有數座高大的城堡。王子心想："妙哉！我就在這裡安睡一夜！"王子旋動左鈕，飛馬平平安安地降落在宮殿平台上。王子離開馬背，由衷歎道："好馬，好馬！你竟有如此高強本領，製作人一定是一位高明智士！我回去之後，一定稟告父王，讓父王重賞那位方士。"

王子坐在殿頂平台休息，只覺得又渴又餓，心想："像這樣豪華的宮殿裡，不會沒有美味佳餚的！"於是離開飛馬，看見一架梯子，便從梯子下到地面。王子發現那座宮院的地面鋪的全是大理石，平整光滑，明亮如鏡，四周建築壯觀精美。他站在那裡，心中驚異不已。整個宮院裡靜悄悄的，一點兒聲音都聽不到。

王子左右環顧，一時不知如何是好，也不知道該往哪裡走。他心想："我還是回飛馬旁邊過夜，天明後即騎馬離開這裡為好。"正獨自沉思之時，忽見一點亮光正朝自己站立的地方移動。

留心望去，但見一群宮女簇擁一位姑娘姍姍走來，那姑娘天生麗質，如花似玉，丰姿綽約，嫵媚動人。

原來那位美麗的姑娘是該城國王的女兒。國王非常喜歡這個女兒，奉若掌上明珠，特為她建造了這座豪華的宮殿。每當公主感到煩悶之時，便帶上宮女，到這裡小住一兩天或更多時間，然後返回父王宮中。那天夜裡，公主到這裡來，就是為了散心解悶，不但帶着數名宮女，還帶着一名佩劍的宮僕。

他們來到宮殿，佈置一番，便開始遊戲取樂。正在這時，這位異鄉王子一個箭步衝了過去，一拳將那個佩劍的宮僕打倒在地，順手抽出寶劍，向着宮女們衝去。宮女們見勢不妙，紛紛東逃西散。

公主見突然殺出來一個小伙子，生得眉清目秀，面如皎潔皓月，情不自禁地眼睛一亮，急忙問道："喂，公子，莫非你就是昨天來向我父親求親，被我父親拒絕的那位王子？我父王說你容貌奇醜無比，這話實在太不公平了！你長得多麼英俊，而且風度翩翩呀。"

其實昨天確有位印度王子前來求婚，因為相貌醜而被國王拒絕。公主眼見這位王子，一時誤認他就是昨天的那位印度王子。公主走上前擁抱王子，又親吻了他，然後和他並肩坐了下來。這時宮女們紛紛圍聚過來，對公主說：

“公主，這位公子不是昨天來求婚的那個印度王子。那位印度王子相貌奇醜，而這位公子卻容顏俊俏；那位印度王子只配為他當奴僕。公主，這位公子相貌英俊，器宇軒昂，真是世上少有。”

宮女們說完，向那個被打倒在地的宮僕走去。她們將宮僕喚醒，只見他急忙伸手去摸寶劍，卻沒摸到。宮女們對他說：“將你打倒在地，抽去你的寶劍的那個小伙子，正與公主坐在一起談話呢！”

宮僕站起來，走去撩開幕簾，果然看見公主正與那位異鄉來客親切交談。宮僕問：“先生，你到底是人，還是妖精？”

王子說：“你這個該死的奴才，怎敢把本王子看作妖精？”

一怒之下，王子舉起寶劍，說：“本王子是國王的駙馬爺，國王陛下已把公主許配給我，今宵便是洞房花燭之夜。”

宮僕立即改口：“王子息怒，王子息怒！你既然是王子，那與公主相配，則是再合適不過的了。”說完，宮僕轉身離開，大聲驚叫着向王宮跑去。

國王見宮僕慌慌張張跑來，忙問：“出甚麼事啦？”

宮僕說：“陛下，陛下，大事不好！快去救救公主吧！一個人樣打扮的魔鬼，裝成王子，把公主纏住了，今夜還要入洞房呢！快，快去捉拿魔鬼！快！”

國王一聽，真想一劍立時結束這個宮僕的生命，於是厲聲喝道："你是怎樣保衛公主的？"於是立即站起來，向公主的宮殿走去。

國王來到女兒宮中，見宮女們都站在那裡，便問："公主怎麼啦？"

宮女們説："我們正和公主坐在一起時，忽見一位漂亮小伙子，手握一柄寶劍，向我們衝來。那小伙子英姿勃勃，相貌堂堂。我們問他是甚麼人，他説陛下已把公主許配給他。我們對此一無所知，也不知道他究竟是人還是妖。不過，小伙子溫柔正派，禮貌周到，沒有任何越軌舉動。"

聽宮女們這樣一説，國王怒氣即消。他走上前去，慢慢撩開幕簾，只見女兒正和一位小伙子交談。正像宮女們説的那樣，小伙子面似皓月，英俊無比。國王心生嫉妒之情，抽出寶劍，惡魔般地朝小伙子衝了過去。

王子見了，忙問公主："這就是你的父王？"

"是的。"公主答道。

王子一躍而起，雙手握劍，衝着國王一聲大喊，國王大驚失色。

國王本想掄劍與小伙子一搏，但見小伙子年輕體壯，自己無力抵擋，無奈之下，只得把寶劍插入劍鞘，站在原地，一動不動。

王子走到國王面前，國王笑臉相迎，語氣溫和地問道："小伙子，你究竟是人，還是妖？"

王子回答道："國王陛下，如果不是看在國王尊嚴和公主的面上，我定會一劍結果你的性命。本人是波斯國王之子，怎好把我看作妖魔！波斯君王威震四方，如果想征服你，簡直就像探囊取物，手到擒來，不僅可令陛下離開寶座，還可將你的國家洗劫一空。”

國王一聽，心中大驚，問道：“你既是波斯王子，為何不經我允許，便闖入我女兒宮中，私會我的女兒，還竟敢自稱是我的駙馬，說我已把公主許配給你？你有所不知，多少前來求婚的王子和君王，都已長眠在我的利劍之下。只要我一聲呼喚，我的武士們便會一擁而上，將你的首級拿下，令你骨肉分家。”

王子聽後，撲哧一笑，說：“國王陛下，你的目光如此短淺，實在令後生驚訝。你還能找到比我更好、與你的女兒更加匹配的駙馬嗎？你可曾見過比本王子更加堅定勇敢、慷慨豁達、兵多將廣、權勢在握的人嗎？”

國王一聽，語氣大為緩和。他說：“王子殿下，說實話，我真沒見過。不過，你要向我女兒求婚，要有證婚人。只有明媒正娶，我才能把女兒嫁給你。倘若我悄悄把女兒許配給你，那會使我丟臉的。”

“陛下說得對！不過，國王陛下，如果你一聲呼喚，武士們蜂擁而至，像你說的那樣，讓他們把我殺死，那就使你現醜了，從此也無人再信任你。依我之見，國王陛下，你還是聽從我的建議吧！”

“你有甚麼建議？”

“我建議你我單獨決戰一場。誰能殺死對方，誰就最配當國王。如果你不同意，你今夜就回去，召集你的宮役和武士，讓他們全副武裝，明日一早與我決戰。”

“我的手下可有四萬武士，另有宮役四萬餘眾啊！”

“八萬餘眾無妨！一言為定，明天一早，你就讓他們全到這裡來，並告訴他們說：'這小伙子向我的女兒求婚，條件是與你們全體武士搏殺。他說他能打敗你們所有的人，而你們對他無可奈何。'說罷，你就下令讓他們與我搏殺。假若他們能殺死我，那就保住了你的體面，假若他們敗在我手下，那麼我就是國王陛下最理想的駙馬爺。"

聽王子這樣一說，國王認為此建議很好，立刻同意，並稱讚王子氣魄和膽量果然非同一般。國王旋即與王子坐下來，促膝交談。

過了一會兒，國王喚來一宮僕，讓他馬上去找宰相，傳達國王命令，要宰相集結軍隊，備好武器和戰馬。宮僕立即去見宰相，傳達國王的命令，連夜召集各軍將領和國家要員，命令他們隨時待命。

國王與王子一直談到東方大亮。王子的談吐、智慧和文才深得國王賞識。國王回到宮中，端坐寶座，命令大軍上馬前往校場比武。同時，他又吩咐手下人為王子選一匹寶馬良駒，備好上等鞍韉。

王子說："國王陛下，我先去看看陛下的大軍，然後再選擇坐騎不遲。"

"好吧！"

國王帶着王子來到校場，王子果見大軍陣勢雄壯，人馬眾多。國王對將士們說："將士們，有一位小伙子前來向公主求婚；我從未見過比他容貌更俊秀、武藝更高強的年輕人。他說僅他一個人，就能打敗你們所有的人，哪怕你們有十萬之眾。他如果與你們比武、決鬥，你們就要使出全部本領將他征服，因為他已把大話說盡了。"

國王轉過臉來，對王子說："孩子，現在就要看你的了。照你的計劃出戰吧！”

王子說：“國王陛下，他們有坐騎，而我卻徒手，看來不公平啊！”

國王說：“我已為你備好寶馬，你卻不騎呀！你面前這麼多馬，就任意挑選一匹吧！”

“你的這些寶馬，我一匹也看不上。我還是騎我的那匹馬吧！”

“你有馬？”

“當然有。”

“在哪兒？”

“在宮殿頂的平台上。”

國王大惑不解，驚問：“馬也能上殿頂平台？古往今來，哪有這種事？”

“我今天就讓你們開開眼界！”

國王對貼身侍衛說：“你去殿頂看看那裡有甚麼東西；如果真有甚麼馬，立即把牠帶來。”人們聽王子那樣一說，無不覺得奇怪，面面相覷，議論紛紛。

有的說：“馬怎能上下梯子？”

有的說：“奇怪奇怪真奇怪，馬兒卻能上平台！”

國王的貼身侍衛登上殿頂平台，果然看見一匹馬站在那裡，而且漂亮無比。他走近馬，這才看清，原來那是一匹用象牙和烏木雕成的馬。隨行的幾個侍衛一看，不禁大笑道：“這小伙子想用這匹馬與我們厮殺？他簡直是個瘋子！不過，我們很快就能看到他表演了，說不定還會有甚麼了不起的表現呢！”

他們抬着象牙烏木馬，來到國王面前，立即招來許多武士圍觀，他們交口稱讚木馬製作工藝精湛，鞍轡、籠頭漂亮，就連國王看後也驚羨不已。

國王問王子："這就是你的戰馬？"

"是的，國王陛下。"王子從容答道。

國王搖着頭，咋着嘴，說："好吧，那你就上馬吧！"

"等將士們遠遠離開，我才能上馬。"

國王命將士們離開。王子說："國王陛下，我現在就要上馬，向你的軍隊發動攻擊了。"

"上馬吧！千萬別留情面，因為這關係着你的終身大事。"

王子走過來，縱身上馬。國王的大軍已經擺好陣勢。

將士們議論紛紛，有的說："等這小子一衝入我們陣中，我們就揮劍削下他的腦袋！"

有的說："這小伙子真漂亮，我可下不得手殺他！"

還有的說："這小伙子敢於向數萬大軍挑戰，定有過人之勇，萬萬不可小看。"

王子坐上馬背，旋動上升雞冠鈕。眾將士一齊把目光投向王子，但見那飛馬頓時動了起來，與平常馬匹的動作完全不同，確實異乎尋常。片刻後，飛馬腹內充滿空氣，旋即騰空而起，飛上雲天。

國王高聲喊道："你們這些無用的廢物，快把他抓住！"

眾大臣對國王說："國王陛下，誰能趕得上飛馬呢？這小伙子是個妖術家，安拉已讓我們擺脱了他的糾纏，就讓我們感謝讚美安拉吧！"

眼見王子駕木馬飛去，國王心中不勝驚詫。他返回宮

中，將王子飛去之事如實告訴女兒，女兒痛苦不堪，隨後更一病不起。國王見女兒如此悲傷，便將女兒摟在懷裡，親吻她的眉心，並且說："兒啊，讚美安拉吧！安拉讓我們擺脱了那個狡猾妖術家的糾纏。"

國王一再向女兒講述王子駕木馬騰空的奇景，而公主根本不聽，只是嚎啕大哭，淚流不止。公主心想："見不到王子，我就不吃不喝。"國王見女兒食水不進，憂心如焚，百般安慰亦不見效果。

愛情大考驗

王子駕木馬騰空之後，獨自苦思冥想，公主的美貌一直縈繞在他的腦海，公主的甜潤語調一直響在他的耳邊。

王子已向公主問明那座城市、那位國王和公主本人的名字。那座城市名叫薩那。王子駕馬飛行，很快便臨近父王的都城。他繞城轉了一圈，然後向王宮飛去。旋即穩穩當當地降落在宮殿頂上。王子將木馬放在那裡，下去拜見父王，見父親正為他的離去而悲傷落淚。

父親見兒子突然出現在眼前，欣喜不已，忙起身走上前，一把將兒子摟在懷裡。王子問："父王，獻飛馬的那位方士現在哪裡？他還好嗎？"

父王說："安拉詛咒他，我不希望再看見他。他使我們父子分離，因此我把他囚禁起來了。"王子聽後，向父王講述了象牙烏木馬的神奇，並要求父王把那位方士放出來。

那方士出了監牢，來到國王面前，國王賜給他錦袍一件，並熱情款待一番，但並沒把公主許配給他。方士因此大怒，後悔自己把飛馬的駕馭秘密告訴了王子。

國王對王子說："孩子，依父王之見，從今以後，你千萬不要再接近那飛馬了，永遠不要再去騎它！因為你不熟悉它的性能，難免上當受騙。"

王子把在薩那發生的事情告訴了父王。父王聽後，說："如果那位國王想害你，隨時都能將你殺掉，只不過是你的大限還沒到吧。"

王子焦慮不安，一心想着那位公主，天亮時分偷偷走到木馬跟前，縱身躍上馬背，旋動雞冠鈕，木馬頓時騰空而起，飛上藍天。

第二天清晨，國王不見兒子身影，急忙登上殿頂，仰面望去，正好看見兒子已騎着木馬在空中飛行，心中不勝難過，後悔自己沒把木馬藏好。國王心想：“等兒子回來，我一定要把飛馬藏好，再也不讓他看見，免得我為他擔憂。”王子駕着木馬，一直飛到薩那城，降落在那座宮殿頂上，然後悄悄進入宮廳，卻見那裡空無一人，既看不見公主，也沒有一個宮女，更沒有拿劍的男僕。

王子走到另一個大廳，見公主躺在床上，宮女和保姆守在身旁。王子走上前去，向她們問安。

公主聽見王子的聲音，立即站起來，上前擁抱王子，親吻王子的眉心。

“公主，我好想你呀！”王子說。

“王子，你若再不來，我這命可就沒啦！”公主說。

“你看我是怎樣對待你父王的，而他又是怎樣對待我的！如果不是深深愛着你，我早就一劍結果了他的性命。”

“你怎好離我而去呀？要知道，沒有你，我簡直活不下去。”

“你能服從我，聽我的安排嗎？”

“你說怎麼辦，我就怎麼辦。”

“你能跟我回我的國家嗎？”

“當然可以！”

聽公主這樣一說，王子欣喜萬分，隨即拉住公主的手，領着她登上殿頂平台，將她扶上飛馬背，自己坐在公主身後，把公主緊緊抱在懷裡，然後旋動上升的雞冠鈕，飛馬隨即騰空而起，飛上藍天。

眾宮女看見此情景，禁不住大聲驚叫起來，急忙跑去告訴國王和王后。國王和王后立即登上殿頂，朝空中望去，但見飛馬正馱着王子和公主飛翔在天空。

眼見女兒離自己而去，國王惶恐不安，高聲呼喊道："王子殿下，我求求你！你千萬不要帶走我的女兒呀！"王子沒有答話。

王子猜想公主後悔了，於是問："美麗的公主，你想讓我把你送回去嗎？"

公主說："王子，你去哪裡，我就跟你去哪裡。"

王子一聽，欣喜若狂，隨即放慢飛行速度，以免公主不適。他帶着公主一直飛臨父王京城上空。王子有意向公主展示父王的威嚴，故將飛馬降落在他父王經常遊覽的花園中，將她領進父王的豪華行宮，把飛馬停在行宮大門外，讓一宮女守護飛馬。

王子叮囑公主："你坐在這裡，不要動，我馬上派差使前來接你。我現在就去見我父王，給你準備宮殿，向你展示一下我們的皇家氣派和風采。"

公主滿心歡喜，隨口說道："就按你自己的安排去辦吧！"她心想，自己一定會威風凜凜、體體面面地進入京城，但願儀式和場面也能與自己的公主身份相稱。

王子離開公主，進到宮中拜見父王。父親見兒子回來，十分高興，急忙站起來相迎。王子對父王說："父親，我不久前提到的那位公主，您還記得吧！我已把她接到郊外花園，特此稟告父王。請求父王準備一下，安排儀仗隊，前往迎接公主進城，以便向她展示父王的威嚴和大軍雄風。"

"好極了！"國王欣喜不已。

國王立即下令裝點城郭，大街小巷，張燈結綵，又令文武百官和宮女、奴僕精心打扮，各騎一匹寶馬良駒，準備列隊歡迎公主。

王子從宮中搬出各種首飾、珍珠寶石和歷代君王的收藏品，還用綠、紅、黃等各色絲綢、錦緞為公主佈置了一座宮殿，特安排了印度、希臘和埃塞俄比亞姑娘們當宮女，準備伺候公主，並且在宮殿內擺放了許多件稀世珍寶。

一切佈置停當，王子提前趕到郊外花園。王子走進行宮一看，不見公主身影，再去看門外的飛馬，也不見木馬，不禁心慌意亂，一時不知如何是好。他急匆匆在花園裡轉來轉去，四下尋覓，結果還是一無所得。

過了一會兒，王子終於鎮靜下來，心想："莫非公主駕飛馬飛走了？可是，我並沒有把飛馬的秘密告訴她呀！說不定是製造飛馬的波斯方士發現了公主，將她搶走了來報復。"他去找看園人，問道："你們發現有人來過花園嗎？"

看園人說："來過一個波斯方士，說是進園採藥的。"

王子聽看園人這樣一說，斷定劫走公主的就是那個製造飛馬的波斯方士。彷彿某些事情是不可避免似的，王子剛剛把公主安排在花園行宮，然後去見父王，做迎接公主進城的準備，就在這時，波斯方士進園採集草藥了。他進到園中，只覺一股麝香的芬芳撲鼻而來，隨即向傳來香氣的地方走去。原來那股香氣就是從公主身上散發出來的。

方士走到那座宮殿前，見自己製造的飛馬站立在殿門前，心中一陣高興。他走到飛馬前，仔細查看木馬各個部位，發現木馬完好無損。當他想騎上木馬離開時，心想："我一定要去看一看王子帶回來的東西！"

方士進到宮中，看見一姑娘坐在那裡，美若天仙，不禁心起異念。那姑娘正是王子帶回來的薩那公主。眼見美麗姑娘，那方士立刻走上前去行禮問安。

公主見方士面相奇醜，便問："你是甚麼人？"

"我是王子的差使。王子派我把你接到離城很近的一座花園中去。"方士說。

公主問："王子現在哪裡？"

"在王宮。他馬上就帶大隊人馬來迎接你。"

"難道宮中除了你，王子再也找不到別的當差人啦？"

方士一笑，說："正因為我面相奇醜，才不會引誘你。王子派我，正是看中了我的醜陋；不然，那宮中俊男美女多得是，怎會派我來呢！"

公主聽方士這樣一說，信以為真，隨即站起來，拉住方士的手，問："阿伯，你讓我怎樣去呢？"

"小姐，你就騎那匹飛馬去吧！"

"我獨自不會騎呀……"

"我與你一道騎。"

方士帶公主走出大殿，縱身上馬，讓公主坐在自己身後，再用繩子將公主綁緊，而公主根本不知道那方士在想甚麼。

方士旋動雞冠鈕，霎時間木馬騰空而起。

公主問："你說王子會來接我，王子現在到了哪裡？"

方士說："那王子是個壞蛋！"

"你這個該死的奴才！你竟敢咒罵你的主人？"

"他，他不是我的主人。你知道我是甚麼人嗎？"

"你是甚麼人？"

“我剛才說的那些話，都不是真話。你看見這神奇的木馬是怎樣神通廣大了吧？這飛馬是我製造的，卻被那王子搶佔去了。現在，我不但得回了飛馬，也得到了你這個美麗的姑娘。那個可惡的王子，從今以後休想再接近這匹神馬。你只管放心就是了！對於你來說，我比那位王子更有用。”

公主聽方士這樣一說，知道自己受騙了，隨即打起自己的面頰來，並大聲喊叫道：“我的天哪，多麼倒霉呀！我既失去心上人，也遠離了父王母后啊！”

公主想到自己的險惡處境，不禁嚎啕大哭。波斯方士帶着公主乘飛馬飛至羅馬境內，降落在一片綠色草原上，但見那裡河水流淌，樹木繁茂。離那片草原不遠的地方有座城市，城中有位權勢顯赫的國王。正巧那天國王來到那片草原遊玩打獵，看見那個波斯方士站在那裡，身旁有匹馬和一位漂亮姑娘。國王命令隨從衝了過去，將方士、姑娘和木馬一起抓住，帶到他面前。

國王看那一男一女，發現那男的相貌奇醜，而那位姑娘卻如花似玉，心中十分納悶，便問道：“小姐，這老頭與你是甚麼關係？”

方士搶先答道：“她是我的妻子，也是我的堂妹。”

公主立即反駁道：“他撒謊！主公大人，我根本不認識他，他更不是我的丈夫。他是把我騙到這裡來的。”

國王更相信姑娘的話，下令鞭打那個波斯方士，直打得他死去活來。之後，國王下令將方士帶回京城，投入牢中。接着，國王帶走姑娘和木馬，但不知道那木馬的功用。

有情人終成眷屬

公主失蹤，飛馬亦不見蹤影，王子隨即換上行裝，帶上銀錢和食物，踏上了尋找公主和飛馬的征程。

王子心急如焚，腳下生風，走過一個地方又一個地方，穿過一座城市又一座城市，所到之處，無不向當地人打聽飛馬的下落，但人們聽後，卻覺得新鮮，認為他不過是在說大話。

一段時間過去，王子走了許多地方，到處打聽，但沒有得到任何有關公主和飛馬的消息。他終於來到了公主父王的京城薩那，卻也沒有問到公主的下落，只聽說公主的父王因女兒遠走而痛苦不堪。

王子左思右想，發現鄰近的王國中，只有較遠的羅馬帝國沒去，於是他立即起程，遠赴羅馬打聽公主和飛馬的行蹤。到了羅馬帝國，王子住進一家客棧，見一夥商人坐在那裡，於是湊了過去，聽他們閒談。

一個商人說："朋友們，我聽到了一件怪事！"

"甚麼怪事？"大家問他。

"我在一個城市……"那個人說出那座城市的名字，正是公主所在的地方。

那個人接着說："在那座城市，我聽人們談論着一件怪事。他們說，有一天，國王外出打獵，隨行的有許多宮役，還有文武官員。當他們走到一片綠色草原時，見那裡站着一個老頭兒，相貌醜陋，但身邊坐着一位漂亮姑娘，還有一匹木馬。那匹木馬是用象牙和黑檀木雕成的，工藝精湛，真是世間罕見。"

眾人問："國王把他們怎麼樣啦？"

"國王把那個醜老頭兒抓住，問起那個姑娘是他的甚麼人，那個醜老頭兒說是他的老婆，是他的堂妹。姑娘立刻說那老頭兒撒謊。國王救了那個姑娘，下令將老頭兒鞭打一頓，投入監牢。至於那匹木馬後來怎樣，我就不得而知了。"

王子聽商人們說到這裡，立即走近前去問，商人把那座城市和國王的名字告訴了王子。王子聽後，興奮得一夜未眠。次日天剛亮，他就離開客棧，踏上旅程，一路辛苦跋涉，終於到達了那座城市。王子想進城時，不料被守兵抓住。

原來每逢見到異鄉人，守兵總是將他帶到國王那裡，由國王親自問異鄉人的情況，特別要了解一下異鄉人的職業和精通甚麼手藝。守兵抓住王子時，天色已晚，無法將他帶到國王那裡，只有暫時關到牢裡，讓獄卒們監管一宿。獄卒們見小伙子生得眉清目秀，捨不得將之關在監牢，而是讓王子和他們在一起，一道吃過晚飯，然後一起談天。

獄卒問王子："小伙子，你打哪兒來呀？"

王子回答說："我從波斯來，那裡是科斯魯的帝國。"

獄卒們聽他這樣一說，笑了起來，一獄卒說："哦，波斯人？關於波斯人，我聽的不少，見到的也不少，但從未聽說比我們關押的那個波斯老頭兒更會說謊的波斯人了。"

另一獄卒說："我也沒見過比他相貌更醜、品德更壞的人。"

王子問："他是甚麼人？"

"那個人自稱是波斯方士。國王外出打獵時，發現他帶着一個漂亮姑娘，還有一匹奇怪的馬。那姑娘在國王那裡，很得國王喜愛。不過那姑娘精神失常了。如果那個人當真是甚麼'波斯方士'，也早就能夠治癒姑娘的病了。為治姑娘的病，國王多方求醫問藥，但沒有甚麼效果。那匹神馬，國王把它放在皇家寶庫裡了。那個方士，就被扣押在我們這座監牢裡。一到夜晚，他總是放聲大哭，吵得我們無法入睡，怪討厭的。"

講者無意，聽者有心。王子聽說那個方士就在這座監牢裡，心生一計，決計設法達到自己的目的。

獄卒們想睡覺了，便將王子送進牢房，鎖上了牢門。這時，王子聽那個方士邊哭邊用波斯語訴説道："我該死呀！我害了自己，也害了王子。把姑娘帶到這裡，我沒有達到目的，如今兩手空空，身陷大牢。我失策，我發昏。我想追求自己不該得到的東西！誰有非分之想，必然會落到這下場。"

王子聽後，用波斯語問："老人家，你要哭到甚麼時候呢？難道你認為世上只有你自己這麼不幸嗎？"

方士聽到鄉音，隨後把自己的情況和遭遇説了一遍。王子確信他就是製造飛馬的那個方士。

第二天天亮，守城衛兵來了，把王子帶到了國王面前。

國王問王子："你打哪兒來？你叫甚麼名字？"

王子答："國王陛下，我剛從波斯來，我的波斯名字叫哈爾傑。本人精通醫道，專治瘋疾癲狂，曾遍走鄉鎮，雲遊四方，經驗豐富，見多識廣。病人不用開口，我便可明查病情，即可開方下藥，往往藥到病除。"

國王一聽，大為高興，説："良醫閣下，你來得正是時候，但願能助我解決疑難。”接着，國王把公主的情況對王子講了一遍。國王說：

“你若能把姑娘的病看好，使她擺脫瘋症，讓我得到一個健康漂亮的新娘，你要甚麼，盡可開口直說，保你如願以償。”

“國王萬歲萬歲萬萬歲！就請把姑娘的情況講給我聽吧！”

國王把看到姑娘、方士、飛馬以及姑娘患病的情況從頭到尾講了個清楚明白。

國王告訴王子：“那個自稱‘波斯方士’的老頭兒現在牢房裡關着。”

“國王陛下，他的那匹木馬怎樣啦？”王子問。

“我把它鎖在皇家寶庫裡了。”

聽國王這麼一說，王子心想：“我最好先去看看飛馬，仔細檢查一下。如果完好無損，我的願望無疑會順利實現，如果已經損壞，不能再飛上天空，我就得另想主意了。”想到這裡，王子對國王說：“陛下，我想去看看那匹木馬，說不定能從馬上找到為姑娘治病的東西。”

“沒問題。”國王即領王子來到保存飛馬的宮室。

王子圍着木馬轉了一圈，仔細察看，發現飛馬完好無損，心中十分高興。王子說：“國王陛下，現在讓我去看看那姑娘吧！但願我能使她免遭病魔的折磨。”

國王把王子帶到姑娘的房間，但見姑娘掙扎不止，不住叫喊。其實公主並無瘋症，她之所以這樣掙扎，是為了不讓任何人接近她。

王子細語柔聲說：“絕代佳人，此病無妨！”王子一番安慰，公主終於認出了王子。她眼見心中的情人出現在面前，激動不已，興奮難抑，登時昏倒在地，不省人事。站在一旁的國王以為姑娘看見自己，心生厭惡而昏倒，因此慌忙退了出去。

王子趁旁邊無人之機，對公主耳語道："公主，你要堅強，要忍耐！我們需要周到的策劃，才能擺脱這位君王。我馬上去見他，告訴他說，你患的是狂症，我保證將你的病治好，但有一個條件，那就是要除去你手腳上的鐐銬。國王進來時，你說話要甜，讓他看出你是經過我的診治而痊癒的。到那時，我們想怎樣就可怎樣了。"

公主說："我聽你的。"

王子離開公主，高高興興來到國王面前。王子說："國王陛下，借陛下之光，我弄清了姑娘的病根及醫治方法。經過我親手施治，姑娘已經痊癒。請陛下現在去看看她，但說話要溫柔，態度要和氣，她有甚麼要求，你就答應她。只有這樣，你的目的才能達到。"

國王來到姑娘房間，姑娘站起來，向國王行禮。國王見姑娘恢復常態，欣喜不已，就命宮女和僕役們好生伺候，領她去沐浴更衣。眾奴婢走到公主面前，向她問安，公主一一回禮。公主沐浴後，穿上華麗的皇家衣服，戴上寶石項鏈，走出浴室，美若天仙，簡直是艷壓群芳。

公主來到國王面前，向國王問安。國王看見她，心中有說不出的歡悦。

國王對王子說："姑娘痊癒，全靠你醫術高明。"

王子說："國王陛下，要想使姑娘徹底痊癒，還應該把她帶到陛下發現她的那個地方，而且還要帶着那匹木馬，以

便為她驅除病根，將瘋魔抓住並殺掉，免其再撲到姑娘身上來。”

國王一口答應：“就照你説的辦。”

國王吩咐下人把飛馬抬到發現姑娘和方士的草原上，然後騎上馬，帶着軍隊和那位姑娘出了城門。但手下人都不知道國王究竟要做甚麼。

他們來到那片草原，王子命令他們把姑娘和飛馬放在國王的視線之內。

王子對國王説：“懇求陛下允許，我將焚香唸咒，以便捉拿病魔，將牠囚禁在這裡，使牠永遠不能接近小姐。之後，我將騎上木馬，讓小姐坐在我的身後，木馬即開始行走，一直走到國王面前。到那時，大功告成，陛下便可與姑娘成親了。”國王聽後大喜。

王子走去騎上木馬，

隨後讓公主坐在自己前面。國王及將士注視着王子的一舉一動。王子抱住公主，用帶子將她繫牢，隨後旋動上升雞冠鈕，飛馬頓時騰空而起。眾將士望着騰空的木馬，直到消失在他們的視野中。

國王原地呆站了大半天，等待王子轉回，最終完全失望，再也沒有看到王子、姑娘和木馬的蹤影。國王後悔不已，深為失去到手的絕代佳麗而難過，只好帶着大隊人馬，垂頭喪氣，打道回府，深感悲痛難耐，嚎啕大哭。

大臣們進來，好言安慰國王："國王陛下，帶走姑娘的那個小伙子是個妖術家。讚美安拉，正是安拉使我們擺脱了妖術的糾纏。"經大臣們反覆勸説，國王才最終得以忘掉那個美麗的姑娘。

王子興高采烈，欣喜若狂，駕馭飛馬直飛父王京城。他把飛馬穩穩降落在父王的殿頂上，把公主安置在一座宮殿，然後去見父王和母后。王子向父母問過安好，告訴二老説公主已在宮中，二老十分高興。

國王隨即舉行盛大宴會，款待京城百姓，接着舉行隆重婚禮，整整熱鬧了一個月。王子與公主結為夫妻，美滿幸福，盡歡盡樂。

後來波斯國王擔心兒子再次遠行，便把飛馬砸了個粉碎。

趣味重溫（3）

一、 你明白嗎

1. 整個故事中，王子曾到訪薩那城多少次？

   a. 2　　b. 3　　c. 4　　d. 故事沒交代清楚

2. 波斯王子眉清目秀，英俊無比，而且勇武過人，公主的父親十分賞識他，卻又為甚麼不直接把公主許配給他？

   a. 他擔心王子是個吹牛大王，只是金玉其外，敗絮其中。

   b. 悄悄許配女兒給王子，會丟面子。

   c. 想再考驗考驗王子。

   d. 擔心女兒改變主意。

3. 王子帶回公主後，不直接領她進宮拜見父王，而是把公主安排在父王的豪華行宮中，是因為：

   a. 有意向公主展示父王的威嚴和皇家氣派。

   b. 帶回公主太突然，怕父王和母后一時難以接受。

   c. 想留出時間準備結婚的宮殿和用品。

   d. 擔心公主過於勞累和緊張。

4. 判斷正誤，正確的劃“√”，錯誤的劃“ X ”。

   ☐ a. 公主的父親一點都不喜歡騎象牙烏木馬飛來的波斯王子。

   ☐ b. 王子飛回波斯，驗證了烏木馬的神異後，國王賞了方士一襲錦袍，而不是把三公主嫁給他。

   ☐ c. 薩那公主是被波斯王子挾持到波斯王國的。

   ☐ d. 波斯國王十分疼愛唯一的王子，卻並不喜歡王子帶回的兒媳。

   ☐ e. 薩那公主逃離波斯國王的行宮，是因為她想再考驗一下王子。

   ☐ f. 是羅馬國王從方士那裡解救了薩那公主。

   ☐ g. 薩那公主裝瘋是為了不讓任何人靠近自己，從而忠於愛情。

   ☐ h. 波斯王子為了救回愛人，不得不扮了一回妖術家。

5. 王子試驗飛馬段，文字不多，卻寫得跌宕起伏、曲折細膩。根據故事發展順序，給下列選段重新排序。
   a. 仔細觀察，發現飛馬除脖子上有一個按鈕外，左右肩膀上還各有一個雞冠按鈕。
   b. 躍上馬背，雙腳頻頻踢打馬腹，但馬卻一動不動。
   c. 伸手旋動右肩上那個按鈕，結果那馬飛得更高更快。
   d. 旋動馬脖子上雞冠鈕，飛馬果然騰空而起，直衝藍天。
   e. 降落到一個陌生的城郭，一個從未到過的國家。
   f. 旋動左肩上的雞冠鈕，飛馬這才放慢速度，漸次下降。
   g. 放開右肩上那個按鈕。

二、 想深一層

1. 烏木馬能飛得到了波斯王子的驗證，但波斯國王卻背信棄義，拒絕實踐諾言，沒把公主許配給第三位方士，為甚麼？

____

2.a. 故事中形容公主美貌的成語或詞語不少，有：天生麗質，如花似玉，風姿綽約，嫵媚動人，美若天仙，艷壓群芳，絕代佳麗。其中哪些成語或詞語是有比喻的（例如成語"如魚得水"，"魚"就是喻體）？哪些是沒有比喻的？試把它們區別出來，放在適當的籃子內。

有比喻的成語／詞語

無比喻的成語／詞語

b. 內文雖沒有直接描繪出公主的長相，但仍讓人覺得她美麗。這種寫法稱側面描寫（又稱間接描寫），其一是藉其他人的言語行為來反映。試把波斯王子、方士、羅馬國王對公主美貌的反應填在橫線上。

a 背井離鄉　b 為救治公主的瘋症，不惜一切代價。
c 身陷牢獄　d 與薩那國數萬軍隊決戰　e 悲痛難耐，嚎啕大哭。
f 一見鍾情　g 頓起異念　h 思念公主，再次遠別父王與國土。
i 為找公主長途跋涉　j 經大臣反覆勸說，才能忘記公主。
k 多方求醫問藥

波斯王子的反應：________________

方士的反應：________________

羅馬國王的反應：________________

3. 王子騎上飛馬後的經歷可謂曲折多變，王子的心情也隨之跌宕起伏，試將王子的心情填入括弧內。

a. 王子初騎木馬（　）—— b. 飛馬騰空而起，直衝藍天（　）—— c. 木馬飛得更高更快（　）—— d. 飛馬放慢速度，漸次下降（　）—— e. 王子知道飛馬功能非同一般（　）—— f. 飛到不知何處（　）——g. 與公主一見鍾情（　）—— h. 國王留難，又要決戰（　）——i. 帶公主回國（　）—— j. 不見公主（　）—— k. 到處找公主（　）—— l. 終於在羅馬找到線索（　）—— m. 羅馬國王鍾情公主，帶走公主面臨困難（　）—— n. 終於用計帶走公主，有情人終成眷屬（　）

王子的心情：
A 興奮　B 欣喜若狂　C 心急如焚　D 幸福　E 清醒，冷靜
F 自信滿滿　G 高興　H 心慌意亂　I 害怕，後悔　J 好奇　K 更加害怕　L 滿心歡喜　M 放心　N 失望　O 懷疑　P 憤怒　R 傷心

4. 試根據以上故事情節發展和王子相應的心情，設計並繪製王子心情變化曲線圖。並在圖上標示故事的開端、發展、高潮和結局。

三、延伸思考

1. 王子為了尋找公主，再次遠別父王，跋涉千山萬水，途中滋味只有自知。幻想你是王子，給父王寫一封信，講述自己到處尋找公主的感受。

2. 如果你擁有一匹會飛的馬，你最想幹甚麼？

3. 烏木馬的故事寄寓了人類上天的渴求，試從互聯網或圖書館中，查找人類上天的簡史。

參考答案

趣味重溫(1)

一、 你明白嗎

1. c
2. b
3.

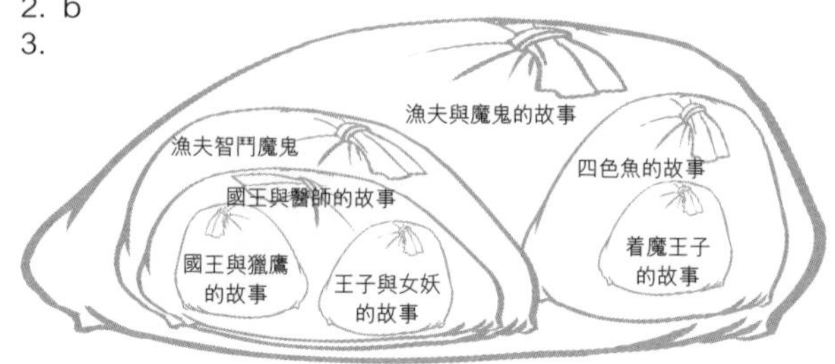

4. c

二、 想深一層

1. 1400
2. a（C） b（E） c（F）
3. a（C） b（A） c（B）
4. （墜子內依次填）DJHKEAICGBF

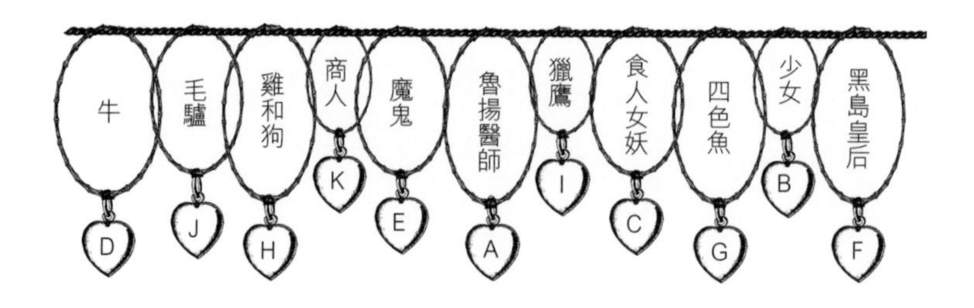

5. bdgf，a，ce

三、延伸思考（此部分不設答案，讀者可自由回答。）

趣味重溫(2)

一、你明白嗎

1. 驚喜，惶恐；偷來，搶來。嫉妒之火在心中燃燒。
2. bde
3. d
4. d
5. a
6. a（X） b（√） c（X） d（√） e（X） f（X） g（X） h（X） i（X）
7. gehcbfad

二、想深一層

1.

人物性格特點	人物的言行舉止
阿里巴巴的妻子	
説話算數	看見這麼多金幣，又驚又喜，心想：“這麼多的錢，我壓根兒都沒見過……該不是他偷來或搶來的吧？”
細心周到	“你説得對，是要趕快把金幣藏起來，免得人家看見。不過，我們總要知道有多少才好哇！我這就去借一個量器，量一量再藏吧！”
膽小怕事	埋好金幣，阿里巴巴的妻子忙拿起箱子和量杯，向卡西姆家走去，把箱子和量杯還給了富婆。
卡西姆的妻子	
世故圓滑	心想：“阿里巴巴，窮光蛋一個，沒有多少錢，能買多少麵？我一定要知道他們究竟要量些甚麼，然後就知道該怎麼辦了。”
妒嫉心重	想到這裡，卡西姆的妻子在量杯的底部抹了一點兒蜂蠟，肯定不會被發現了。就把一口箱子和那個量杯遞給阿里巴巴的妻子，並且説：他嬸子，你用完就還給我。”
心胸狹隘	喂，當家的，你不要以為自己的錢太多！你錯啦！阿巴巴家裡的錢比你不知多多少倍！人家的錢數都數不過來，要用量杯來量了。”
狡猾，攻於心計	她心想：“這是怎麼回事？阿里巴巴這個窮光蛋怎麼一下子富了起來，金幣多得數不過來，要用杯子量呢？……”
好奇心強，喜打探隱私	心想阿里巴巴有了錢，説不定比自己的錢還多。再説，他發現了寶庫，日後不愁錢花，於是説道：“既然你覺得這樣好，就照你的意思辦吧！”

2. a（X） b（✓） c（X） d（X） e（X）
3. ac
4. 邪惡 ⟷ 善良　　富裕 ⟷ 貧窮　　完好無損 ⟷ 體無完膚
老實 —— 忠誠　　大方 —— 慷慨　　心神不定 —— 忐忑不安

三、延伸思考（此部分不設答案，讀者可自由回答。）

趣味重溫 (3)

一、 你明白嗎
1. b
2. b
3. a
4. a（X） b（✓） c（X） d（X） e（X） f（✓） g（✓） h（X）
5. bdacgfe

二、 想深一層
1. 第三位方士製造的烏木馬使國王父子分離，國王心中不快。這位方士面相奇醜也是原因之一。
2.

有比喻的成語／詞語

無比喻的成語／詞語

b 波斯王子的反應：dfhi
方士的反應：acg
羅馬國王的反應：bejk

3. a(O) b(I) c(K) d(M) e(L) f(J) g(G) h(F) i(B) j(H) k(C) l(A) m(E) n(D)

4. 以下答案僅供參考，可以有其他形式。

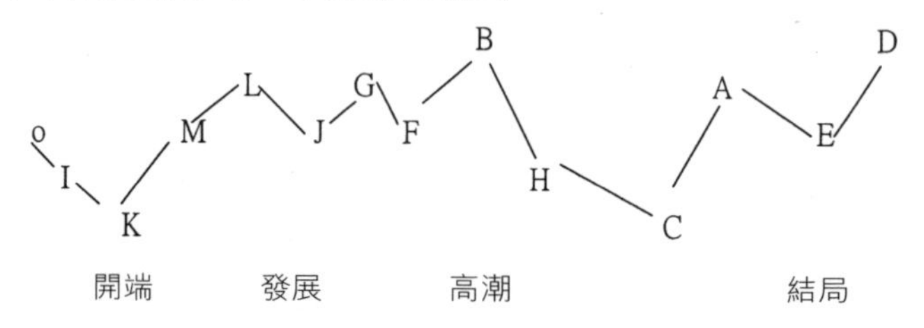

三、 延伸思考（此部分不設答案，讀者可自由回答。）

商務印書館 讀者回饋咭

請詳細填寫下列各項資料，傳真至 2565 1113，以便寄上本館門市優惠券，憑券前往商務印書館本港各大門市購書，可獲折扣優惠。

所購本館出版之書籍：______________________

購書地點：______________ 姓名：______________

通訊地址：______________________

電話：______________傳真：______________

電郵：______________________

您是否想透過電郵或傳真收到商務新書資訊？ 1□是 2□否

性別：1□男 2□女

出生年份：__________年

學歷： 1□小學或以下 2□中學 3□預科 4□大專 5□研究院

每月家庭總收入：1□HK$6,000以下 2□HK$6,000-9,999
3□HK$10,000-14,999 4□HK$15,000-24,999
5□HK$25,000-34,999 6□HK$35,000或以上

子女人數（只適用於有子女人士） 1□1-2個 2□3-4個 3□5個以上

子女年齡（可多於一個選擇） 1□12歲以下 2□12-17歲 3□18歲以上

職業： 1□僱主 2□經理級 3□專業人士 4□白領 5□藍領 6□教師 7□學生
8□主婦 9□其他

最常前往的書店：______________________

每月往書店次數：1□1次或以下 2□2-4次 3□5-7次 4□8次或以上

每月購書量：1□1本或以下 2□2-4本 3□5-7本 4□8本或以上

每月購書消費： 1□HK$50以下 2□HK$50-199 3□HK$200-499 4□HK$500-999
5□HK$1,000或以上

您從哪裏得知本書：1□書店 2□報章或雜誌廣告 3□電台 4□電視 5□書評/書介
6□親友介紹 7□商務文化網站 8□其他（請註明：______________）

您對本書內容的意見：______________________

____

您有否進行過網上購書？ 1□有 2□否

您有否瀏覽過商務出版網（網址：http://www.commercialpress.com.hk）？1□有 2□否

您希望本公司能加強出版的書籍：1□辭書 2□外語書籍 3□文學/語言 4□歷史文化
5□自然科學 6□社會科學 7□醫學衛生 8□財經書籍 9□管理書籍
10□兒童書籍 11□流行書 12□其他（請註明：______________）

根據個人資料「私隱」條例，讀者有權查閱及更改其個人資料。讀者如須查閱或更改其個人資料，請來函本館，信封上請註明「讀者回饋咭-更改個人資料」

請貼
郵票

香港筲箕灣
耀興道 3 號
東滙廣場 8 樓
商務印書館（香港）有限公司
顧客服務部收